KB181195

일본문학 컬렉션 **04**

눈부신 하루

일본문학 컬렉션 **04**

눈부신 하루

아쿠타가와 류노스케·다자이 오사무·나쓰메 소세키
다니자키 준이치로·하기와라 사쿠타로·가타야마 히로코 외 지음

안영신·박은정·서홍 옮김

작가와비평

차례

일본문학 컬렉션 04

나에게 문학이란

나의 창작 과정

아쿠타가와 류노스케

지금까지 내 글의 소재는 옛것에서 자주 가져왔다. 그런 까닭에 나를 골동품이나 만지작거리는 노인처럼 희한한 것만 찾아다니는 인간이라고 생각하는 사람이 있다. 하지만 그렇지 않다. 나는 어릴 때 구시대적인 교육을 받았던 탓에 예전부터 현대와는 관련이 없는 책을 읽었고 지금도 읽고 있다. 그런 책들을 통해서 소재를 발견한 것뿐이지 일부러 소재를 찾기 위해서 읽는 건 아니다(물론 소재를 찾기 위해 책을 읽는 게 나쁘다는 건 아니지만).

하지만 소재가 있어도 내가 그 속으로 들어가지 못하면, 소재와 내 마음이 딱 맞아떨어지지 않으면 소설을 쓸 수가 없다. 무리해서 쓰면 지리멸렬한 작품이 만들어진다. 나는 초조한 마음에 그런 바보 같은 짓을 몇 번이나 한 적이 있다. 문제는 소재와 내 마음이 하나가 되는 때가 언제 올지 알 수가 없다는 것이다. 소재를 찾자마자 바로 오기도 하고, 소재가 있다는 걸 거의 잊어버릴 무렵에야 오기도 한다. 밥을 먹을 때나 책을 읽을 때, 화장실에 있을 때를 가리지 않고 온다. 그때가 오면 눈앞이 환해지는 느낌이다.

쓸 것이 정해지면 곧바로 쓰기 시작한다. 글을 쓰기 가장 좋은 시간은 오전 그리고 저녁 6시부터 밤 12시까지다. 밤 12시가 넘어서 쓴 글은 아무리 몰두해서 썼더라도 다음 날 읽어보면 마음에 안 들 때가 많다. 바람 부는 날엔 글이 잘 써지지 않는다. 계절은 10월부터 4월쯤이 좋은 것 같다. 조용하고 적당히 밝은 장소라면 어디든 상관없다.

글을 쓰기 시작하면 짜증이 날 때가 많다. 그럴 만한 요소가 주변에 있어서 짜증이 나는 거니까 그런 요소만 없다면 평온한 마음 상태가 될 것이다. 하지만 아직도 그게 잘 안 되다 보니 글을 쓸 때는 식구들에게 자꾸 잔소리를 하게 된다.

짜증이 나지 않는 한 순조롭게 글이 써진다. 어떤 때는 글로 쓰는 게 번거롭게 느껴질 정도이다. 쓰다가 막히면 손에 잡히는 대로 책상 위의 책을 펼쳐 본다. 두세 페이지 정도 읽다 보면 다시 쓸 수 있게 된다. 어떤 책이든 상관없다. 어릴 때부터 사전을 읽는 버릇이 있어서 딕슨 영어 사전을 읽을 때도 있다. 쓴 걸 지우는 것도 쓰는 일에 포함되기 때문에 완성된 원고지 매수와 시간의 비율을 따져 보면 천천히 글을 쓰는 편인 것 같다. 지울 때는 미련 없이 지운다. 그래도 아직 다 지우지 못한 기분이 들긴 하지만.

글을 쓸 때는 무언가를 만든다기보다 키운다는 자세로 임한다. 인물도 사건도 본래의 움직임은 단 하나밖에 없다. 하나뿐인 그것을 계속 찾아다니며 써 나가는 기분이다. 하나를 잘못 찾으면 그 다음으로 나아갈 수 없다. 억지로 나가려고 하면 반드시 무리가 따른다. 그렇기 때문에 잠시라도 긴장을 늦추면 안 된다. 긴장을 해도 나 같은 사람은 놓쳐버리기 일쑤다. 어쨌든 그게 괴롭다.

그리고 문장도 사소한 부분까지 신경이 많이 쓰인다. 때와 상황에 따라 도저히 쓸 수 없는 어휘가 있고 이상하게 거슬리는 구절이 있다. 예를 들면 야나기하라(柳原)라는 마을 이름도 마을 전체에 온통 녹음이 우거져 있는 듯한 느낌이 들어서 녹음에 어울리는 외부 묘사가 없으면 그 이름을 사용할 마음이 안 생긴다.

이 부분은 정말 중요하게 여기는 것 같다.

글을 다 쓰고 나면 항상 녹초가 된다. 당분간 쓰는 일만은 사양하고 싶어진다. 하지만 일주일간 아무것도 쓰지 않고 있으면 허전해서 견디기 힘들다. 뭐라도 써 보고 싶어진다. 그래서 또 앞에서 말한 순서를 반복한다. 죽을 때까지 계속 이럴 것 같다.

내가 쓴 글이 활자로 찍혀 나온 걸 읽으면 대체로 마음에 들지 않는다. 글을 쓰는 방식보다 세상을 바라보는 방식이 문제라는 걸 절실하게 느낀다. 글을 쓸 때보다 평소의 생활 그 자체에 감정을 쏟아내고 싶어진다. 시간이 지나 나중에 다시 읽으면 생각보다 나을 때도 있고 더 나빠질 때도 있는데 그건 때에 따라 다르다.

아쿠타가와 류노스케(芥川龍之介, 1892~1927), 소설가

번역 안영신

의무 수행

다자이 오사무

　의무를 수행한다는 건 이만저만 어려운 일이 아니다. 하지만 해야만 한다. 왜 사는가. 왜 글을 쓰는가. 지금 나는 "그건 의무를 수행하기 위한 겁니다."라고 말할 수밖에 없다. 돈 때문에 글을 쓰는 것 같진 않다. 쾌락을 위해 사는 것 같지도 않다. 얼마 전에도 혼자 들길을 거닐다가 문득 이런 생각이 들었다. '사랑이라는 것도 결국은 의무 수행이 아닐까.'

　솔직히 말하면 지금 나에겐 다섯 장 정도의 수필을 쓰는 것도 매우 고통스러운 일이다. 열흘 전부터 무슨 내용을 쓰면 좋을지 생각하고 있다. 왜 거절하지 않은 걸까. 부탁을 받았기 때문이다. 2월 29일까지 대여섯 장의 글을 써 달라는 편지였다. 나는 이 잡지《문학자》의 동인이 아니다. 앞으로도 동인이 될 생각이 없다. 동인의 대부분은 내가 모르는 사람들이다. 그 잡지에 글을 꼭 써야 할 이유는 없는 것이다. 하지만 나는 쓰겠다고 회신했다. 원고료가 욕심나서 그랬던 것 같진 않다. 동인 선배들에게 아부할 마음도 없었다. 글을 쓸 수 있는 상태일 때 부탁을 받으면 그땐 반드시 써야 한다는 나 자신의 규범 때문에 "쓰겠습니다."라고 대답한 것이다. 들어줄 수 있는 상태일 때 부탁을 받으면 들어줘야 한다는 규범과 같다. 아무래도 내 문장의 Vocabulary는 거창한 것들뿐이라 사람들에게 반발을 사는 것 같다. 정말이지 나는 '북방의 농사꾼' 피를 듬뿍 물려받았기 때문에 '목소리 하나는 크게 타고난' 숙명을 안고 있는 것 같다. 그러니 그 점에 대해서 쓸데없는 경계심은 갖지 않았으면 한다. 나도 내가 무슨 말을 하고 있는 건지 모르겠다. 이래선 안 되겠다. 다시 똑바로 고쳐 앉아야겠다.

　의무감으로 쓰는 것이다. 쓸 수 있는 상태였다고 앞에서 말했다. 그건 고상해 보이려고 한 말이 아니다. 나는 지금 코감기에 걸려서 열도 조금 나지만 자리에 누울 정도는 아니다. 원고를 쓰지 못할 정도로 아픈 건 아니다.

쓸 수 있는 상태인 것이다. 그리고 나는 2월 25일까지 예정되어 있던 작업을 이미 다 끝냈다. 25일부터 29일까지는 아무 약속도 없다. 그 나흘 동안 다섯 장 정도는 어떻게든 쓸 수 있다. 쓸 수 있는 상태인 것이다. 그래서 나는 써야만 한다. 나는 지금 의무 때문에 살아 있다. 의무가 내 목숨을 지탱해 주고 있다. 나 개인의 본능으로는 죽어도 되는 것이다. 죽는 거나 사는 거나 병이 든 거나 그다지 다를 게 없다고 생각한다. 하지만 의무는 나를 죽게 내버려두지 않는다. 나에게 노력하라고 명령한다. 멈추지 말고 더, 더 노력하라고 명령한다. 나는 비틀비틀 일어서서 싸운다. 질 수는 없다. 단순한 것이다.

순문학 잡지에 짧은 글을 쓰는 것만큼 고통스러운 일은 없다. 나는 허세가 심한 남자라(쉰 살이 되면 이런 허세의 냄새도 사라지려나. 어떻게 해서든 무심하게 글을 쓸 수 있는 경지에 이르고 싶다. 그게 유일한 바람이다) 고작 대여섯 장의 수필에 내 생각을 전부 담으려고 기를 쓰고 있는 것이다. 그건 불가능한 일인 듯하다. 나는 항상 실패한다. 그리고 선배나 친구는 항상 그렇게 실패한 짧은 글들만 읽는지 나에게 이런저런 충고를 한다.

어차피 나는 아직 마음이 정리되지 않아서 수필 같은 걸 쓸 주제가 못 된다. 그건 내게 무리다. 이 다섯 장의 수필도 "쓰겠습니다." 대답한 뒤에 열흘 동안이나 이것저것 쓸 만한 이야기를 골랐다가 버리곤 했다. 아니, 그냥 버리기만 했다. 이것도 안 돼, 저것도 안 돼, 하면서 버리다 보니 결국 아무것도 남지 않았다. 좌담에서 잠깐 이야기하는 정도야 괜찮지만, 순문학 잡지에 '어제 나팔꽃을 심고 느낀 건데' 따위의 글을 쓰고, 그 한 글자 한 글자를 활자공이 골라내고 편집자가 교정하고(다른 사람이 중얼거리는 시시껄렁한 얘기를 교정하는 건 상당히 괴로운 일이다) 그렇게 활자화된 글이 서점에 나와서 한 달 동안 '나팔꽃을 심었습니다, 나팔꽃을 심었습니다'라고 아침부터 밤까지 잡지 한 구석에서 끝도 없이 같은 말을 되풀이하는 건 차마 못 할 일이다. 신문은 하루면 끝나니까 그나마 괜찮다. 소설의 경우는 하고 싶은 말을 다 할 수 있으니까 주눅 들지 않고 한 달 정도 서점에서 계속 외쳐 댈 각오가 되어 있다. 하지만 아무래도 나팔꽃을 심었다는 얘기를 가지고 한 달 내내 서점에서 중얼거릴 용기는 없다.

다자이 오사무(太宰治, 1909~1948), 소설가
번역 안영신

나의 첫 소설

나쓰메 소세키

나의 첫 소설이라고 하면 아마 『고양이』라고 할 수 있는데, 특별히 추억할 만한 작품은 아닌 것 같다. 우연히 쓴 작품이었고 그저 그럴만한 시기였기에 쓴 거라고 말할 수 있다.

왜냐하면 나는 원래 뭔가를 꼭 해야만 한다고 생각한 적이 없기 때문이다. 물론 살아 있으니까 뭔가를 해야만 할 것이다. 그 뭔가가 자신의 존재를 나타내고, 자신을 알려야 한다는 소견 정도는 나도 여느 사람과 마찬가지로 갖고 있었을지도 모른다. 하지만 나는 창작하기 전까지 딱히 창작으로 자신을 알린다는 생각은 하지 않았다.

이야기를 하다 보니 내 경력에 대해서 말하게 되는데,

마침 내가 대학을 졸업한 지 얼마 안 된 어느 날이었다. 도야마 마사가즈 씨가 잠깐 오라고 해서 가 봤더니, 교사를 해 보지 않겠냐는 것이었다. 나는 교사를 해보고 싶은지, 그렇지 않은지 딱히 생각해 본 적이 없었다. 하지만 그런 말을 듣고 보니 해 볼 생각이 전혀 없는 것도 아닌 것 같았다. 그래서 그럼 해보겠다고 하자, 도야마 씨는 나더러 가노 씨를 만나 보라고 했다. 가노 씨는 고등사범학교의 교장 선생님이었다. 그를 만났는데 굉장히 이상적인 이야기만 하는 것이었다. 교육 사업이 어떻고, 교육자는 이래야만 한다고 하는데, 도무지 나로서는 감당할 수 없을 것 같았다. 지금이라면 한쪽 귀로 듣고 다른 한쪽으로 흘려보내면서 일을 하더라도 대충 했겠지만, 당시 나는 멍청할 정도로 솔직했기 때문에 그렇게 하질 못했다. 그래서 도저히 못 할 것 같다고 거절하자, 가노 씨는 말을 아주 그럴듯하게 했다. 당신이 못 하겠다고 하니 더 부탁하고 싶어졌다는 것이다. 아무튼 할 수 있는 만큼만 해 달라는 것이다. 그런 말을 듣고 보니, 내 성격상 거절하지 못하고 결국 고등사범학교에 근무하게 되었다. 이게 내 인생의 스타트였다.

　여기서 다시 이야기가 과거로 되돌아가는데 내가 열

대여섯 살이었던 무렵, 한서(漢書)나 소설을 접하게 되면서 문학이 재미있다는 생각이 들어 한번 해 보고 싶어졌다. 지금은 돌아가신 형님한테 그 이야기를 했더니 형님은 문학은 직업이 될 수 없고 그저 Accomplishment에 지나지 않는다며 오히려 나를 꾸짖었다. 하지만 가만히 생각해보니, 나는 뭔가 취미처럼 좋아하는 일을 직업으로 삼고 싶었다. 그와 동시에 그게 세상에 필요한 일이어야만 했다. 왜냐하면, 나는 괴짜였기 때문이다. 당시에는 괴짜의 의미를 잘 몰랐다. 하지만 나는 스스로를 괴짜라고 자처했고 도저히 하나하나 세상에 맞춰가며 살아갈 자신이 없었다. 왠지 자신을 굽히지 않고도 좋아하는 일을 하면서 세상에 꼭 필요한 일을 할 수 있을 것만 같았다. 그 시절 내 눈에 들어온 사람은 사사키 도요라는 사람이었다. 사사키 박사를 키운 양아버지로 지금도 스루가다이에서 병원을 운영하고 있다. 사사키 도요 씨는 누구나 다 아는 괴짜였지만 세상은 그를 필요로 하고 있었다. 게다가 그는 자신의 뜻을 굽히지 않고 무슨 일이든 훌륭하게 해냈다. 그리고 이노우에 다쓰야라는 안과 의사도 스루가다이의 병원에 있었는데 그 사람 역시 도요 씨와 마찬가지로 괴짜였고 세상이 꼭 필요로 하는 사람이었다.

그래서 그런 사람들처럼 멋지게 살고 싶다고 생각한 것이다. 그런데 나는 의사가 되는 건 싫었다. 의사가 아니더라도 뭔가 나에게 맞는 일이 있을 거라 생각하며 시간을 보내던 중 문득 건축이 좋겠다는 생각을 했다. 건축은 의식주 가운데 하나로 세상을 살아가는 데 없어서는 안 될 뿐만 아니라 훌륭한 예술이기도 했다. 그리고 취미이면서 동시에 필요한 일이기도 했다. 그래서 나는 결국 건축을 공부하기로 마음먹었다.

그런데 마침 그 시절(고등학교) 동급생 중에 요네야마 야스사부로라는 친구가 있었는데, 그 친구야말로 타고난 괴짜였다. 항상 우주가 어쩌고 인생이 어쩌고 하며 거창한 말만 해댔다. 어느 날 그가 찾아와서 여느 때처럼 여러 철학자의 이름을 언급하더니 나보고 뭐가 될 거냐고 물었다. 실은 이러이러하다고 대답하자 그는 나로 하여금 단숨에 그걸 포기하게 만들었다. 일본에서는 아무리 재능이 뛰어나도 세인트 폴스 대사원과 같은 건축물을 후세에 남길 수 없지 않겠냐며 나를 몰아붙이는 것이었다. 그러더니 그보다 문학을 하는 편이 더 생명력이 있다고 주장했다. 원래 내 생각은 이 친구의 주장보다 훨씬 더 현실적이었다. 나는 먹고사는 걸 기준으로 생각했던 것이다. 그런데 요네야마의 말을 듣고 보니, 뭔가 막연하기는 했지만, 꿈이 큰 걸로만 따지자면 분명 대단히 거창했다. 의식주 문제는 전혀 안중에도 없었다. 나는 그 말을 듣고 감탄했다. 그런 말을 들으니 정말 그런 것 같기도 해서, 곧바로 생각을 바꿔 문학자가 되기로 결심했다. 정말이지 별생각이 없었던 것 같다.

한문이나 국문학과 쪽으로는 가고 싶지 않았다. 그래서 결국 영문과를 지망하기로 했다.

하지만 그 시절에는 모든 것이 너무 막연했다. 그래서 그저 영어영문학을 열심히 공부해서 외국어로 문학적인 저술을 발표해 보자 그리고 서양인을 놀라게 만들어 보자, 그런 희망을 품고 있었다. 그런데 대학에 들어가서 3년도 지나지 않아 그런 꿈은 점점 의심스러워졌고 졸업할 무렵에는 정말 학사 출신이 맞냐고 생각할 만큼 멍청한 사람이 되어 버렸다. 그래도 성적은 좋았기 때문에 사람들은 나를 신뢰해 줬다. 나도 세상에 대해서 다소 자신이 있었다. 그런데 나 자신을 되돌아보면 굉장히 가엾다는 생각이 들었다. 그렇게 우물쭈물하는 동안에 나에 대한 연민이 쌓이기 시작하고 그게 허울만 좋은 체념으로 바뀌었다. 나쁘게 말하면 황폐해져 가는 걸 받아들이게 된 것이다. 그런 주제에 세상에 대해서는 기세가 등등했다. 내가 무슨 다카야마의 하야시 공*이라도 된 것처럼.

　그러던 중 외국에 나가 보지 않겠냐는 제안을 받았다. 나보다 더 특이한 사람이 있을 테니까 그런 사람을 보내면 좋을 거라고 말했다. 그래도 가보라고 하기에, 그럼 한 번 가 볼까 하는 생각으로 갔다. 하지만 유학하면서 점점 문학이 싫어졌다. 서양의 '시'를 읽어도 아무런 느낌이 없었다. 그런 시를 읽고 억지로 기뻐하는 건, 있지도 않은 날개를 달고 날아다니는 사람 같았다. 그리고 돈이 없으면서도 있는 척하는 사람과 크게 다르지 않았다. 그런 와중에 이케다 기쿠나에가 독일에서 찾아와서 우리 하숙집에 머물렀다. 이케다는 과학자였는데 이야기를 하다 보니 그가 훌륭한 철학자라는 사실에 놀랐다. 그와 토론하다 호되게 당한 일은 지금도 기억하고 있다. 런던에서 이케다를 만난 건 나한테는 큰 수확이었다. 덕분에 유령과 같은 문학을 그만두고 더 체계적이고 묵직한 학문을

---

* 『미적 생활을 논함』(1901)으로 일본 사회에 큰 파란을 일으켰던 다카야마 조규를 말한다. 아쿠타가와 류노스케를 비롯한 많은 문학자들에게 영감을 주었다. 본명은 하샤시 지로. 나쓰메 소세키는 그와 사이가 좋지 않다고 알려졌는데 여기서는 그를 존경하는 의미로도 풀이된다.

연구하기로 마음을 먹었다. 그리고 일본에서 새로 출발할 생각으로 서양에서 돌아왔다. 그런데 이번에는 대학 강의를 제안 받았고, 그렇게 해서 대학에 나가게 되었다 (이것도 앞서 말한 대로 내가 계획한 건 아니었기 때문에 처음에는 거절했다).

런던의 하숙집에서 애를 먹은 이야기를 편지에 써서 친구 마사오카 시키한테 보낸 적이 있었다. 마사오카 시키는 그 편지를 《호토토기스》에 실었다. 《호토토기스》는 원래부터 알고 있었지만, 아무튼 그게 계기가 되어 일본에 돌아왔을 때(마사오카는 이미 세상을 떠났다), 편집자 다카하마 교시 씨로부터 원고 청탁을 받았다. 그래서 『나는 고양이로소이다』를 처음 쓴 것이다. 그런데 다카하마 교시 씨가 그걸 읽어보더니 이건 안 되겠다고 말했다. 왜 그러냐고 물어보니 교시 씨는 조목조목 그 이유를 말해 줬다. 지금은 무슨 말을 했는지 다 잊어버렸지만, 아무튼 그럴 만하다고 생각해서 다시 썼다.

그러자 이번에는 교시 씨가 굉장히 칭찬하며 그걸 《호토토기스》에 실었다. 사실 그 작품은 한 번으로 끝내려고 했었는데 교시 씨가 재미있으니까 더 쓰라고 했고, 계속 쓰다 보니 그렇게 길어져 버렸다. 이처럼 나는 우연히 그런 글을 썼을 뿐, 특별히 당시의 문단에 대해서 이런저런 생각이 있었던 건 전혀 아니었다. 그저 쓰고 싶은 걸 썼을 뿐이었다. 다시 말해 당시 내가 그런 글을 쓰기에 적합한 시기였던 것이다. 무엇보다도 처음에 쓰기 시작했을 때하고 비교하면 마지막에는 생각이 완전히 바뀌었다. 그리고 문체도 다른 사람을 흉내 내는 게 싫어서 그런 식으로 시도해 본 것에 불과하다.

아무튼, 그렇게 오늘날까지 글을 써 왔는데 생각해보면 내가 매사에 적극적이지 않았다는 사실이 놀라웠다. 문과에 들어간 것도 친구의 권유였고, 교사가 된 것도 누군가 해 보라고 해서 한 거였고, 유학도 마찬가지였다. 그리고 일본으로 돌아와서 대학에 근무한 것도, 마이니치 신문사에 들어간 것도, 소설을 쓴 것도 모두 다 그랬다. 결국, 나라는 사람은 어쩌면 주위 사람들이 만들어 준 것이나 마찬가지였다.

나쓰메 소세키(夏目漱石, 1867~1916), 소설가
번역 박은정

도스토옙스키를 처음 만났을 때

하기와라 사쿠타로

내가 도스토옙스키를 처음 읽은 것은 스물 일고여덟 살 무렵이었다. 그전에 주로 읽은 서양 문학은 에드거 앨런 포하고 니체였다. 그 밖에 톨스토이 등도 조금 읽었지만, 내 취향하고는 거리가 멀어서 기억에 남을 만한 정도는 아니었다. 그래서 대충 읽었다. 오랫동안 나에게 영향을 끼치고 문학적인 체질을 구성할 만큼 내 몸에 스며들듯이 읽은 책은 에드거 앨런 포하고 니체 그리고 도스토옙스키 세 명뿐이다. 나는 에드거 앨런 포를 통해 '시'를 배웠고, 니체로부터는 '철학'을 그리고 도스토옙스키로부터 '심리학'을 배웠다.

내가 도스토옙스키를 읽었을 때는 마침 시라카바 학

파가 한창 활발하게 활동하며 인도주의가 한 시대를 풍미했던 때였다. 그 시라카바 학파는 톨스토이와 도스토옙스키를 문학의 신처럼 숭배하고 있었다. 도스토옙스키의 이름을 처음 듣고 그 작품을 읽게 된 계기도 실은 시라카바 학파의 영향을 받았기 때문이다. 그런데 그걸 읽고 나서 나는 시라카바 학파의 문학론을 경멸하게 되었다. 왜냐하면 도 씨의 소설과 톨스토이의 작품이 기질적으로 완전히 대척점에 위치하고 있었기 때문이다. 한쪽을 즐기는 자들은 다른 한쪽을 좋아하지 않았고, 다른 쪽을 사랑하는 자들은 반대쪽을 원하지 않을 정도로 본질적으로 분명하게 다른 우주의 양극이었다. 단순히 인도주의라는 감상적인 비평으로 두 사람을 무차별적으로 숭배하는 시라카바 학파의 영웅주의가 나한테는 너무 얄팍하게 느껴졌다.

내가 처음 읽은 도 씨의 소설은 그 유명한 『카라마조프의 형제들』이었다. 물론 번역본으로 읽었지만 나는 완전히 빠져들었다. 그 방대한 소설을 이틀에 걸쳐 단번에 읽어버리고 꿈에서 깬 사람처럼 멍해졌다. 당시 내가 얼마나 감동했는지 그때 읽은 책을 펼쳐보면 알 수 있을 것이다. 책의 각 페이지에 빨간 줄을 치거나 연필로 수도 없이 적어놓았다. 지금도 그 오래된 책을 볼 때마다 추억이 새삼 떠오르고 또다시 감흥이 일어날 정도이다. 이반이나 드미트리 등 소설의 모든 캐릭터가 매력적이었지만, 특히 그 섬뜩한 백치 하인과 장로 조시마의 신비로운 종교관은 매우 흥미로웠다.

『카라마조프의 형제들』 다음에 읽은 책은 『죄와 벌』이었다. 이 작품 역시 『카라마조프의 형제들』 이상으로 나에게 감동을 주었다. 주인공 라스콜니코프의 심리와 언행 등 소설은 처음부터 끝까지 마법처럼 내 마음을 끌어당겼다. 당시 나는 니체를 읽고 있었기 때문에 주인공 대학생이 나폴레옹적인 초인이 되려고 하는 이데아 사상의 철학적인 심정을 충분히 이해할 수 있었다. 그래서 한층 의미 깊게 읽을 수 있었다. 깊은 인상을 받은 나는 라스콜니코프를 따라 거드름을 피우기도 했고 우스꽝스럽게도 그 소설에 나오는 모습을 흉내 내기도 했다. 밤에는 꿈속에서 노파를 죽이는 끔찍한 환상을 보기도 했다.

그 후 나는 완전히 도스토옙스키의 마니아가 되었다. 그의 작품을 섭렵하면서 일본어로 번역되어 있는 작품이라면 하나도 빠짐없이 탐독했다. 하지만 그 많은 작품 중에서도 가장 감명 깊게 읽은 것은 시베리아 유형 생활을 자전적으로 그린 『죽음의 집의 기록』이었다. 이 작품과 앞서 언급한 두 작품은 도 씨의 대표적인 작품이라고 할 수 있다. 하지만 『악령』만은 왜 그런지 전혀 흥미가 없어서 읽다가 도중에 그만뒀다. 그리고 『백치』를 읽었을 때는 주인공의 정신병적인 증상이 나와 너무 유사해서 두려웠을 정도였다. 내가 이렇게나 도스토옙스키에 매료된 이유는 아마 작가와 내가 기질적으로 유사하고 혈액 유사형적(類似型的) 생리 관계에 있었기 때문일지도 모른다. 무엇보다 내가 책을 읽는 방법은 전부 생리적이라고 할 수 있다. 에드거 앨런 포나 니체, 쇼펜하우어도 나와 같은 방식인 신경생리학적으로 글을 읽었다. 그렇지 않으면 나는 독서에 흥미를 느끼지 못했을 것이다. 도스토옙스키의 경우는 나하고 기질적으로 유사해서 그런 점이 특히 두드러졌다.

　당시 나는 시를 써서 문단에 처음 등장했고 두세 명의 친구와 함께 동인지를 발행하고 있었다. 《감정》이라는 이름의 잡지로 시인 무로 사이세이*와 야마무라 보초**

---

*　시인, 소설가.
**　시인, 아동문학가.

등이 동인으로 참여했다. 앞서 언급한 대로 이 시대는 시라카바 학파가 활약하던 시라카바 전성시대였다. 자연히 그런 영향을 받아서 야마무라 씨나 무로 씨의 시에도 다소 인도주의적인 경향이 보였고 톨스토이즘의 취향도 농후했다. 그런데 나는 톨스토이를 싫어했기 때문에 시라카바 학파의 저널리즘적인 경모(輕侮)한 경향에 반감을 품고 있었다. 그래서 그 친구들에게 적극적으로 도스토옙스키의 악령적인 신비문학을 추천했다. 내가 추천한 이유는 인도주의라는 가벼움을 버리고 도스토옙스키로부터 심오한 문학을 배워야 한다는 의미였다.

톨스토이의 애독자였던 야마무라 씨하고 무로 씨는 곧바로 내가 말한 대로 도스토옙스키를 읽기 시작했다. 그리고 나중에는 나보다 더 열렬한 애독자가 되어버렸다. 하지만 나하고는 애당초 인간적인 기질이 다른 데다 생리적으로도 건강했던 두 시인이 나와 같은 방법으로 도스토옙스키를 읽을 리가 없었다. 내가 생각하는 도스토옙스키는 심리학적으로는 에드거 앨런 포와 비슷하고, 사상적으로는 니체, 쇼펜하우어와 유사한 작가이다. 그 친구들은 도스토옙스키 역시 시라카바 학파처럼 인도주의적으로 보는 관점을 그대로 가지고 있었다. 그래서 나는 자연스럽게 사상적으로 그들과 거리를 두게 되었고 잡지의 발행에도 흥미를 잃어버렸다. 마침 그때 나는 첫 시집 『달에게 짖다』를 냈고, 무로 사이세이 씨도 첫 시집 『사랑의 시집』을 출판했다. 전자의 시집에 내가 본 도 씨의 생리적인 내장도(內臟圖)가 그려져 있다면, 후자의 시집에는 무로 씨가 본 도 씨의 인도주의적인 초상이 그려져 있었다.

당시의 문단은 도스토옙스키를 가장 높게 평가하고 있었다. 하지만 문단에서 유행하고 있었음에도 불구하고 사실 제대로 이해하지는 못하고 있었다. 단순히 도스토옙스키뿐만 아니라 시라카바 학파의 우상이었던 톨스토이조차도 본질적으로 이해하지 못했다. 세계적인 대문호 톨스토이가 구세군적인 인도주의자로 추앙을 받았던 것이다. 그리고 통속적인 모럴 센티멘털리스트로서 신파적 영웅주의적인 대상이라니. 지금 생각해도 아주 멍청하고 웃긴 이야기이다. 괴테나 하이네, 니체도 일본에서는 일찍부터 알려지고 유행했었다. 하지만 그 문학적인 개념조차 모르면서 그들을 '유행에 뒤떨어졌다'고 휴지통에 넣어 버렸다. 1928년경 어떤 잡지에는, 톨스토이나 도스토옙스키에 대해 이야기하는 것은 시대에 뒤

떨어진 거라고 글을 쓴 사람이 있었다. 1920년경에도 니체에 대해서 논하는 건 유행에 뒤떨어진 케케묵은 거라고 운운한 잡지가 있었다. 하지만 1935년에 와서 더 오래된 괴테나 하이네에 대해서 겨우 그 실체를 조금 알게 되었다.

요컨대 일본 문단이 과거에는 중학생 수준이었다고 한다면, 최근 들어 대학생 예비과 1년 정도에 입문했다고 말할 수 있다. 이제 비로소 도스토옙스키의 문학적인 본질을 이해할 수 있는 기회가 찾아온 것이다. 일본의 문단은 또다시 과거처럼 유행을 뒤쫓는 짓은 그만두고 올바른 인식으로 외국 고전문학을 더 읽어야만 할 것이다.

하기와라 사쿠타로(萩原朔太郎, 1886~1942), 시인

번역 박은정

문장과 말

아쿠타가와 류노스케

문장

"자네는 문장에 너무 신경을 쓰는 것 같군."

이렇게 말하는 친구가 있었다. 나는 특별히 필요 이상으로 문장에 신경 쓴 기억은 없다. 그저 문장을 명확하게 쓰고 싶을 뿐이다. 머릿속에 있는 것을 명확하게 문장으로 나타내고 싶은 것이다. 나는 그것만 신경 쓰고 있다. 하지만 펜을 들면 글을 술술 적어 내려간 적이 거의 없었다. 항상 어수선한 문장을 쓰게 된다. 내가 문장을 쓸 때 고심하는 건(만일 고심이라고 말할 수 있다면), 그런 부분을 명확하게 표현하려고 할 뿐이다. 다른 사람의 문장에 대해서도 나는 같은 주문을 한다. 문장이 명확하지 않으면 도저히 감탄할 수가 없다. 순수하게 좋아할 수 없는 것이다. 즉, 문장에 있어서 나는 니체의 아폴로 주의를 신봉한다.

나는 사람들이 뭐라고 해도 방해석처럼 명확한 문장, 즉 애매함을 허락하지 않는 문장을 쓰고 싶다.

말

50년 전 일본 사람들은 '신'이라는 말을 들으면, 보통 머리를 미즈라*로 묶고, 목 주위에 곡옥을 건 남녀의 모습을 떠올렸을 것이다. 하지만 오늘날 일본 사람들은, 아니 오늘날의 청년들은 보통 '신'이라고 하면 머리가 길고 턱수염을 기른 서양인을 떠올리지 않을까 생각한다. 같은 '신'이라도 마음속에 떠오르는 모습은 이렇게나 많이 변하고 있다.

---

* 남성 결발의 하나로 머리를 중앙에서 좌우로 갈라 귓가에 고리처럼 매는 방식.

가쓰라기 산[*]

흐트러지게
피는 꽃 밝아오는
신의 모습이

언젠가 나는 고미야 씨하고 바쇼의 시에 대해 토론한 적이 있다. 고미야 씨는 바쇼가 이 구절을 해학적으로 썼다고 했다. 나도 그 주장에는 이견이 없다. 하지만 고미야 씨는 굉장히 장엄한 구절이라고 주장하고 있었다.

그림의 역사는 500년 정도, 서예의 역사는 800년이면 끝난다고 한다. 그렇다면 말의 힘이 다하는 데는 얼마나 걸리는 것일까?

아쿠타가와 류노스케(芥川龍之介, 1892~1927), 소설가

번역 박은정

---

[*] 나라 현 가쓰라기 산의 신은 얼굴이 추하다는 전설이 있는데, 한창 꽃이 피는 아름다운 새벽녘은 추한 신의 모습마저 아름답다는 의미를 담고 있다.

일본문학 컬렉션 **04**

소소한 일상의 행복

피아노

아쿠타가와 류노스케

비가 내리는 어느 가을날, 나는 누굴 좀 만나려고 요코하마의 야마테 부근을 걷고 있었다. 이 주변은 대지진 당시와 거의 달라진 게 없이 황폐했다. 조금이라도 변한 게 있다면 슬레이트 지붕과 벽돌담이 무너져 겹겹이 쌓여 있는 틈에서 명아주가 자라고 있다는 것뿐이었다. 무너져 내린 어느 집터에는 뚜껑이 열린 피아노가 절반은 벽에 짓눌린 채 비에 젖어서 건반이 반들반들했다. 그리고 크고 작은 악보들도 은은한 빛깔을 띠고 있는 명아주 수풀 속에 흩어진 채로 분홍색, 하늘색, 연노란색 영문 표지들이 젖어들었다.

나는 찾아간 사람과 만나 다소 복잡한 이야기를 나누

었다. 대화가 쉽게 마무리되지 않아 결국 밤이 되어서야 겨우 그 집을 빠져나왔다. 그것도 조만간 한 번 더 만나 이야기하기로 약속한 뒤였다.

다행히 비는 그쳐 있었다. 바람이 부는 하늘에서 달도 이따금씩 빛을 발하고 있었다. 나는 기차 시간에 늦지 않으려고(국철은 금연이라서 탈 수가 없다) 가능한 한 발걸음을 서둘렀다.

그때 갑자기 누군가 피아노를 치는 소리가 들려왔다. 아니, 친다기보다는 건드리는 소리였다. 나도 모르게 발걸음을 늦추며 황량한 주변을 둘러보았다. 달빛이 마침 길고 가느다란 피아노 건반을 살며시 비추고 있었다. 명아주 수풀 속의 그 피아노를. 하지만 사람의 그림자는 어디에도 없었다.

그건 딱 하나의 음이었다. 하지만 피아노 소리가 분명했다. 나는 조금 무서운 생각이 들어 다시 발걸음을 재촉하려고 했다. 그때 분명히 내 뒤에 있던 피아노가 또 다시 희미한 소리를 냈다. 나는 뒤도 돌아보지 않고 재빨리 걸었다. 한바탕 불어오는 습기 찬 바람이 나를 떠미는 걸 느끼면서…….

이 피아노 소리에 초자연적 해석을 내리기엔 나는 지

나치게 리얼리스트였다. 인적은 없었지만 무너진 벽 주변에 고양이가 숨어 있을지도 모른다. 고양이가 아니라면 족제비나 두꺼비일 수도 있다고 생각했다. 그래도 사람 손을 빌리지 않고 피아노가 울린 건 이상한 일이었다.

닷새 후에 나는 같은 용건으로 다시 그곳을 지나가게 되었다. 피아노는 변함없이 명아주 수풀 속에 조용히 웅크리고 있었다. 분홍색, 하늘색, 연노란색 악보가 널브러져 있는 것도 지난번과 마찬가지였다. 하지만 오늘은 무너져 내린 벽돌과 슬레이트마저도 맑은 가을 햇살에 빛나고 있었다.

나는 악보를 밟지 않으려고 조심하며 피아노 앞으로 다가섰다. 가까이서 보니까 상아 건반도 광택을 잃고 뚜껑의 옻칠도 벗겨져 있었다. 다리에는 포도 넝쿨 비슷한 덩굴풀 한 줄기가 뒤얽혀 있었다. 피아노 앞에 서니 뭔가 실망스러운 기분이 들었다.

"이런데도 소리가 나는 건가."

혼잣말을 중얼거렸는데 바로 그때 피아노가 희미한 소리를 냈다. 나의 의구심을 나무라는 듯했다. 하지만 나는 놀라지 않았다. 오히려 입가에 미소가 떠올랐다. 피아노는 여전히 햇빛 아래에 하얀 건반을 펼쳐 놓고 있었다. 그리고 거기엔 언제 떨어졌는지 밤 한 톨이 구르고 있었다.

나는 큰길로 나가서 다시 한 번 폐허 쪽을 돌아다보았다. 그제야 밤나무가 슬레이트 지붕에 눌린 채 비스듬히 피아노를 덮고 있다는 걸 알아차렸다. 하지만 그건 아무래도 좋았다. 나는 그저 명아주 수풀 속의 휘어진 피아노를 바라보았다. 작년 대지진 이후 아무도 모르는 소리를 간직하고 있던 피아노를.

아쿠타가와 류노스케(芥川龍之介, 1892~1927), 소설가

번역 안영신

병상 생활에서 얻은 깨달음

하기와라 사쿠타로

  나에게 병이라는 건 휴식과 같다. 건강할 때는 마음이
계속 채찍질 당하는 느낌이다. 끊임없이 조바심을 내고
무언가 하려고 하지만 아무 것도 할 수 없다는 한심함을
느낀다. 매일매일 나는 뭔가 해야 한다는 무한한 부채를
짊어지고 있다. 인생에서 무언가를 해야만 하는 것이다.
폐인이나 밥벌레가 아니라면 뭔가 의미 있는 일을 해야
한다. 그런데 나라는 인간은 생각하면 할수록 재능이라
고는 찾아볼 수가 없고 생활 능력도 결핍된 인간이다. 문
학적 재능조차도 의심스럽다.

  '난 안 돼!'라고 뼈아프게 느껴지는 것만큼 나 자신을
우울하게 만드는 건 없다. 결국 나는 쓸모없는 인간이라

는 기분 나쁜 확신이 내 마음을 무덤 밑으로 끌어내린다. 어떤 때는 거의 매일같이 그런 생각이 든다. 이 고통에서 벗어나기 위해 나는 술을 마시지 않을 수 없다. 하지만 술을 마시면 더욱 비통하고 절망적인 상태가 되어 버린다. 나는 최근 여류 시인 모임에서 어떤 부인이 모욕을 당했다는 얘기를 듣고 화가 나고 슬퍼서 눈물을 줄줄 흘렸다. 누구든 남을 모욕하는 것은 스스로를 모욕하는 것이나 다름없으니까.

그런데 병에 걸리니까 이러한 삶의 초조함이 완전히 사라지고 예전에는 몰랐던 고요하고 맑은 기분이 든다. 왜 그럴까? 병은 모든 걸 버리게 만들기 때문이다. 나는 올해 2월부터 두 달이나 병으로 자리에 누워서 지냈다. 처음 얼마 동안은 여러 가지 망상에 시달렸지만 이젠 병상 생활에 익숙해져서 아무 생각도 하지 않게 되었다. 아플 때 사람들은 그저 육체만을 생각한다. 조금이라도 빨리 건강이 회복되어 좋아하는 음식을 먹고 자유롭게 산책할 수 있기를 바란다. 아플 때만큼 인간의 욕심이 적어지는 때는 없다. "나에게 물과 빵과 신선한 공기를 주시오." 행복은 그걸로 충분하다고 에피쿠로스가 말했다. 병은 그렇게 욕심을 줄여 주고 인간을 에피쿠로스적인 쾌락주의자로 만든다. 사치의 욕망도 없다. 보통의 건강과 자유만 있다면 길거리에서 햇볕을 쬐고 있는 거지조차도 부러운 것이다.

무엇보다 좋은 건 병이 모든 걸 포기하게 만든다는 사실이다. 아플 땐 모든 졸렌*이 사라져 버린다. '너는 아프다. 육체가 위기에 처해 있다. 무엇보다 치료가 우선이다. 다른 건 생각도, 행동도 할 필요가 없다'라는 특별 휴가가 주어진다. 그런 의식이 모든 의무감과 초조감으로부터 공적으로 나를 해방시켜 준다. 병에 걸리면 일을 쉬어도 된다. 하루 종일 하는 일 없이 빈둥대고 염치없이 누워 지내도 양심의 가책을 느낄 필요가 없다. 무능한 것도, 폐인이 되는 것도 병이 났을 때 당연한 거고 조금도 슬퍼하거나 부끄러워 할 일이 아니다.

건강할 때 나는 끊임없이 지루함을 느꼈다. 해야 할 일이 눈앞에 있는데 손에 잡히지 않아서 지루한 것이다. 지루함은 사람들이 생각하는 것처럼 그렇게 느긋한 게 아니다. 그 반대로 끊임없이 화가 나고 초조하고 자포자기에 빠지는 우울한 기분이다. 사람들의 말처럼 프랑스 혁

---

* 도덕적 의무.

명은 지루함 때문에 일어난 것이니 지루함은 사회의 안녕에 가장 위험한 요소이다. 그래서 정치가는 사람들의 무료함을 달래기 위해 끊임없이 새로운 사업을 벌이고 내각을 경질하고 문화를 확산시키거나 각종 스포츠를 장려하고 오락장이나 유곽, 공중목욕탕을 설계한다.

그런데 병을 앓게 되면서 이 끊임없는 지루함이 사라져 버렸다. 사람들은 두 달이나 병상에 있었으니 얼마나 지루했냐고 내게 물었다. 하지만 나는 병상에 있는 동안 전혀 지루하지 않았다. 천장에 붙어 있는 파리 한 마리를 보고 있는 것만으로도, 또 점심 식사의 반찬을 상상하는 것만으로도 충분히 흥미롭게 하루를 보냈다. 건강할 때는 그렇게 나를 괴롭혔던 지루함이 신기하게도 어디론가 사라져 버렸다. 지난 두 달 동안 매일같이 아무것도 하지 않고 아침부터 밤까지 누워만 있었는데도 지루하다는 느낌이 전혀 들지 않았다. 가끔 그런 느낌이 찾아와도 오히려 기분 좋은 낮잠 속으로 나를 불러들일 뿐이었다. 만일 이것이 진짜 지루함이라면 지루함은 바람직한 것이라고 생각했다. 게다가 이런 경험은 예전에 건강할 땐 한 번도 하지 못했다.

이렇게 병을 경험하면서 나는 '무위자연'이라는 철학

의 의미를 알게 되었다. 에피쿠로스를 알게 되고, 노자를 알게 되고, 또한 스토익*의 본질적 의미도 이해했다. 이 모든 종교(?)는 모두 인생에서 안심입명**에 이르는 길을 가르쳐준다. 요컨대 욕망을 버리고 의무감에서 벗어나 생활에 대한 모든 책임감을 포기해 버리는 것이다. 모든 걸 단념한다. 그러니 초조함도 없고 번민도 없으며, 의무감도 없다. 정말로 아무것도 안 하고 지내면서도 그로 인해 지루해 하거나 괴로워할 일도 없다. '유유자적'의 경지에 이르러 안심입명의 삶을 살 수 있는 것이다.

병은 이러한 종교의 참뜻을 내게 가르쳐주었다. 나는 병상에 있는 동안 적어도 유유자적에 가까운 심경을 체험했다. 나는 무위에 있으면서 무위를 즐기고, 지루하게 지내면서 지루함의 만족을 비로소 알게 되었다. 그리고 병을 앓고 있는 사람의 마음은 누구나 똑같을 거라고 생각했다. 그러다가 문득 마사오카 시키가 생각났다. 반평생을 병상에서 지낸 그가 어떤 시를 썼는지 궁금해졌다.

---

* 스토아학파의 영향을 받은 것으로 희열이나 비애의 감정을 억압함으로써 평정하고 무관심한 태도로 운명을 감수하는 인생관.
** 마음의 편안함을 체득하여 생사·이해·득실을 초월한 삶을 살아가는 것.

나는 오래전 기억을 더듬어 그의 대표적인 와카*들을 떠올렸다. 그 와카는 도코노마**에 장식된 등나무 꽃이 방바닥으로 두 치 정도 늘어져 있다든가, 머리맡에 있는 찻잔 바닥에 차가 조금 남아 있다든가 하는 지극히 평범하고 지루한 일상을 아무 감동 없이 무미건조하게 노래한 것이었다.

　이러한 시키의 노래(그 전통은 오늘날에도 아라라기파 시인들이 이어 가고 있다)는 오랫동안 나에게 수수께끼였다. 무엇 때문에, 어떤 의미로 이렇게 무미건조하고 평범한 내용을 시로 쓴 걸까. 그런 것들에서 어떤 시적인 정취를 느꼈던 건지 아무리 생각해도 의문이었다. 그런데 최근 병상에 있으면서 비로소 알게 되었다. 나는 천장에 붙어 있는 파리를 한 시간이나 재미있게 쳐다보았다. 그리고 방 안에 꽂혀 있는 황매화를 하루 종일 바라보고 있어도 질리지 않았다. 정말 사소한 것, 평범하고 하찮은 것들이 전부 흥미를 일으키고 시적인 정취를 자아내는 것이었다. 방 안에 틀어박혀 오랫동안 병상 생활을 하던 시키가 이

---

*　　5·7·5·7·7의 31자로 된 일본의 정형시.

**　일본식 방의 바닥을 한층 높게 만든 곳으로 벽에는 족자를 걸고 바닥에는 꽃이나 장식물로 꾸민다.

렇게 담담하고 무미건조한 시를 쓴 이유를 마침내 이해할 수 있었다. 이 세상에 '지루함 속의 기쁨', '지루함에서 나온 시'라는 게 있다면 그건 마사오카 시키의 와카일 것이다. 지루함도 그 경지에 이르게 되면 쾌락이 되고 오히려 시적인 정취를 불러일으킬 수도 있다는 걸 나는 시키를 통해 깨닫게 되었다.

시키의 노래를 이해하게 되자 일본 문학의 커다란 스핑크스(자연주의 문학과 문학론)를 이해하는 것도 어렵지 않았다. 자연주의 문학론은 가능한 한 평범하고 무미건조한 삶을 되도록 감동 없이 쓰는 걸 주장했다.

'평범함을 평범한 필치로 쓴다'

'지루함을 지루함의 느낌으로 쓴다'

이것이 자연파 문학의 주장이었다. 그런데 그들의 작품만큼 말 그대로 지루하기 짝이 없는 문학을 일찍이 본 적이 없다. 그들의 문학은 권태롭고 무의미한 삶에 대해 지루한 느낌 그대로 쓴 것이다. 이런 문학이 도대체 '무엇을 위해', '무슨 흥미'로 만들어지는 건지, 평범한 일상을 노래한 시키의 시보다 더 풀기 어려운 수수께끼였다.

병상 생활을 통해 비로소 이 문학의 수수께끼를 풀었다. 적어도 왜 그렇게 시시하고 평범한 일상을 썼는지 그 심정을 알게 되었다. 실제로 몸이 아팠을 때 나는 가장 평범하고 무미한 것들이 재미있었다. 병에 지친 뇌는 온종일 휴식을 원하고 수면을 탐했다. 그런 나의 뇌에는 자극적인 모든 게 불쾌하게 느껴졌다. 강한 기세와 굳센 사상, 큰 감동을 주는 것, 시적 정열이 불타는 것, 그런 종류의 읽을거리와 이야기는 생리적으로 불쾌했고 이상하리만치 공허하게 느껴졌다. 나의 지친 몸과 마음은 조용한 다실에서 들려오는 쇠 주전자의 물 끓는 소리를 즐기고 있었다. 아내와 이웃 아낙네들이 대수롭지 않은 잡담을 늘어놓는 일상의 모습이 무엇보다 감흥을 일으켰고 황홀한 시정으로까지 느껴졌다. 그런 평범하고 무미건조한 일들이 나를 기분 좋은 황홀한 꿈으로 이끌면서 특별한 시적 풍취가 담긴 예술적 심경을 느끼게 했다. 이 체험을 통해 나는 시키의 노래를 이해하게 되었고 자연과 소설을 이해했으며 그밖에 여러 가지 것을 알게 되었다.

하기와라 사쿠타로(萩原朔太郎, 1886~1942), 시인

번역 안영신

10년 전 나의 소망

나카지마 아쓰시

10년 전, 열여섯 살 소년이었던 나는 학교 뒷산에 누워 하늘의 구름을 바라보며 '앞으로 나는 뭐가 될까?'라는 생각을 하곤 했습니다.

'대문호가 되는 것도 좋겠지. 부자도 좋겠고. 총리대신도 나쁘진 않지.'

정말 이 중 어느 것이든 금방이라도 될 것 같은 기분이 들었습니다. 정말 대단한 자신감이었습니다. 그런데 이런 꿈을 꾸는 것 말고도 그 무렵 나에겐 굉장히 기분 좋고 비밀스러운 소망이 하나 있었습니다. 그건 '불란서에 가고 싶다'는 것이었습니다.

딱히 이유가 있어서 가고 싶은 건 아니었고 그저 놀러

가고 싶었을 뿐입니다. 왜 불란서를 선택했냐면, 그건 아마 '불란서'라는 말의 울림과 그 나라의 젊은이들이 가진 매력 때문일 겁니다. 그리고 그 무렵 내가 읽고 있던 나가이 가후의 단편 소설 「프랑스 이야기」하고, 이쿠타 슌게쓰가 번역했는지, 아니면 우에다 빈인지 확실하진 않지만, 폴 베를렌의 영향도 받은 것 같습니다.

얼굴 곳곳에 생긴 여드름을 터트려 가며 기고만장하게 베를렌의 시를 일본어로 읽고 있었습니다. 지금 생각해도 정말이지 웃기지도 않은 '재수 없는' 소년이었습니다. 하지만 그 무렵 나는 아주 진지하게 '항구에 비가 내리는 듯 내 마음에도 눈물'이 흐르곤 했습니다. 그러한 이유로 나는 불란서에 가고 싶었습니다. 술주정뱅이 시인이 술집에서 압생트를 단숨에 들이키며 마로니에 가로수 길을 비틀거리며 걸어 다니는 파리에 말입니다.

샹젤리제, 파리 서쪽의 불로뉴 숲, 몽마르뜨 언덕, 파리의 카르티에 라탱.......

학교 뒷산에서 뒹굴거리며 하늘에 떠 있는 구름을 바라보다가 어느새 그런 생각까지 하게 되었습니다.

그로부터 봄바람과 가을비를 맞으며 어느덧 10년이라는 세월이 흘렀습니다. 어릴 적부터 마음에 품었던 수많은 소망은 얼굴의 여드름과 함께 사라져 버렸죠. 예전에는 그저 이름밖에 들어본 적이 없는 무랑 루주 같은 극단도 도쿄에 등장하는 시대가 되었습니다. 나는 요코하마의 차이나타운에 있는 아파트에 혼자 죽치고 앉아서 고독하게 지내고 있습니다. 하지만 지금도 항구 쪽에서 간간이 출항을 알리는 기적 소리가 들려올 때면 그 시절의 꿈과 같은 공상을 떠올립니다. 그러다 보면 견딜 수 없는 그리움이 사무쳐 올라오곤 하죠. 우연히 책상 위에 펼쳐진 책에서 아이러니하게도 이런 문장을 발견하기도 합니다.

프랑스에 가고 싶지만
프랑스는 너무 멀고,
그렇다면 새 양복이라도 입고
마음이 내키는 대로 여행이라도 떠나 보는 것도.......

'아, 시인도 나처럼 돈이 많지는 않았나 보군.'
그렇게 생각하며 가라앉은 기분을 풀어 보고자 나도 시인을 따라 해 보기로 했습니다(불란서에 갈 수 없는 분풀이로 말이죠). 적어도 양복이라도 사 입고, 아니다, 내가 그런 사치를 부릴 여유는 없지. 그렇다면 모자라도 살까? 아니다. 그것도 아직 나한테는 너무 사치스럽다. 그래, 넥타이 정도로 만족하자. 그러곤, 지갑을 탈탈 털어서 산책을 나가는 겁니다. 마침 10년 전 읽었던 폴 베를렌의 문장 그대로,

가을날 바이올린의 긴 흐느낌, 속절없이 서글퍼지네.

이런 기분에 흠뻑 젖어 들며 길을 걸어갑니다.

나카지마 아쓰시(中島敦, 1909~1942), 소설가

번역 박은정

커피 철학 서설

데라다 도라히코

    열 살 무렵 의사의 권유로 우유라는 걸 처음으로 마셨다. 당시 우유는 아직 일반 대중들의 기호식품도, 영양식품도 아니었다. 그저 병약한 인간을 위한 건강식품 같은 거였다. 우유나 수프 같은 건 냄새가 난다며 못 마시거나 혹시라도 마시게 되면 바로 구토나 설사를 하는 촌스러운 사람들도 많았다. 물론 당시에도 현대적이고 세련된 사람들이 있었다. 예를 들면 내가 다니던 반초초등학교 동급생 중에는 점심 도시락으로 빵이랑 버터를 싸 오는 아이도 있었다. 나는 그 버터라는 것의 이름도 몰랐다. 작고 예쁜 유리병에 든 노란색 초 같은 희한한 걸 상아 귀이개 같은 거로 파내서 빵에 발라 먹는 모습을 옆에서 호기심 가득한 눈으로 지켜봤을 정도이다. 그런가 하면 우리 고향에서는 메뚜기 조림은 인간이 먹는 것이라 여기지 않았는데, 그걸 맛있게 먹는 도시의 아이도 있었다. 이 또한 다른 의미에서 존경스럽게 쳐다보곤 했다.

처음 맛본 우유는 역시나 먹기 힘든 약같이 느껴졌다. 의사는 그걸 먹기 쉽게 해 주려고 우유에다 소량의 커피를 처방하는 걸 잊지 않았다. 커피 가루가 아주 조금 든 하얀 무명 봉투를 뜨거운 우유 속에 담가서 마치 한방 감기약처럼 흔들어 준다. 깡촌에서 자란 나는 태어나서 처음으로 맛본 커피 향에 완전히 매료당했다. 이국적인 것을 동경하던 아이에게 이 남국의 이국적인 향기는 미지의 극락에서 먼바다를 건너온 한줄기 훈풍처럼 느껴졌다. 그 후 바로 고향으로 이사 간 뒤에도 우유 한 잔은 매일 빠짐없이 마셨지만, 도쿄에서 맛본 커피의 향미는 더 이상 느껴 보지 못했다. 그 시절은 각설탕 속에 커피 분말 한 꼬집을 넣은 커피당이라는 걸 애용하던 시대였다. 그런데 그건 무슨 약 같기도 하고 곰팡이 같기도 한 그런 냄새가 나는 이상한 물질로 변질되기 일쑤였다.

고등학교 때도 우유는 계속 마셨지만, 커피 같은 사치품은 먹지 않았다. 설탕 항아리에서 칫솔 손잡이 같은 것으로 설탕을 수시로 파내서 과자 대신 핥아먹곤 했다. 시험 보기 전에는 말할 것도 없지만 어쨌든 설탕을 많이 소비했던 것 같다. 시간이 흘러 서른두 살 봄, 독일로 유학 갈 때까지 커피에 얽힌 기억에 남을 만한 얘기는 없다.

베를린 하숙집은 놀렌도르프 사거리에 가까운 가이스버그 가에 있었다. 육군 장교의 미망인이었던 나이든 주인아주머니는 아주 거만한 사람이었다. 하지만 커피는 좋은 것으로 제공해 주었다. 매일 아침 잠옷을 입은 채로 2층 방의 창을 통해 우뚝 솟은 가스 안슈탈트의 둥근 탑을 바라보면서 여급이 가져온 뜨거운 커피를 마시고 고소한 슈니펠을 베어 물었다. 역시나 알려져 있던 대로 베를린의 빵과 커피는 맛있었다. 9시 10분 혹은 11시부터 시작하는 강의를 들으러 운터 덴 린덴 근처까지 전차를 탔다.

강의가 끝나고 근처에서 점심을 먹었다. 소량의 아침 식사에 늦은 점심. 더구나 독일인들처럼 점심 전에 간식을 먹지 않아서 긴 시간을 공복으로 있다 보니 점심을 상당히 많이 먹게 된다. 그러다 보니 점심 식사 후에는 항상 무거운 졸음이 밀려왔다. 4시부터 다시 시작되는 강의까지 두세 시간이 남는다. 하숙에 가서 쉬다 오면 결국 전차에서 대부분의 시간을 보내고 만다. 어쩔 수 없이 남는 시간에 근처 미술관을 찬찬히 돌아보거나 구 베를린의 오래된 시가지 중에서도 낡고 지저분한 곳을 찾아 돌아다녔다. 아니면 작은 동물원의 나무들 사이를 걷거나 프리드리히 거리 혹은 라이프치히 거리의 쇼윈도를 들여다보며 베를린의 번화가를 어슬렁거릴 수밖에 없었다. 그래도 시간이 남으면 카페나 베이커리의 대리석 테이블 앞에서 시간을 보냈다. 신문을 보면서 우유가 든 커피나 블랙커피를 홀짝거리며 아련한 향수를 달래는 게 버릇이 됐다.

베를린의 겨울은 그다지 춥지는 않았지만, 어둡고 나른한 졸음 같은 게 짙은 안개처럼 도시 전체를 감싸고 있는 것 같았다. 그게 무의식적이고 만성적인 향수와 뒤섞여 어떤 특별한 졸음이 되어 이마를 짓눌렀다. 이 졸음을 물리치기 위해 나에게는 한 잔의 커피가 정말로 필요했다. 서너 시 무렵의 카페에는 아직 분내를 풍기는 미인도 없을 뿐더러 너무나 고요해서 때로는 쥐가 튀어나올 정도였다. 베이커리에 오는 손님 대부분이 가정주부들이라 명랑하고 유쾌한 소프라노와 알토의 속삭임이 들렸다.

다른 나라를 여행할 때도 이 습관은 사라지지 않았다. 스칸디나비아의 시골에서는 아주 두껍고 튼튼해서 내던져도 안 깨질 것 같은 커피잔을 자주 봤다. 그리고 컵의 가장자리 두께가 커피 맛에 영향을 미친다는 흥미로운 사실도 알게 됐다. 러시아 사람의 '코풰'라는 발음이 일본식 발음인 '코히'와 아주 비슷하다는 걸 알았다. 페테르부르크풍 카페의 과자는 아주 고급스럽고 맛있었다. 이것만으로도 그 나라 사회 계층의 수준을 짐작할 수 있을지 모른다는 생각을 했다. 내가 마셔 본 런던의 커피 대부분은 맛이 없었다. 어쩔 수 없이 체인점인 ABC나 라이온의 대중적인 홍차로 버티는 수밖에 없었다. 영국인이 상식적이고 건전한 이유는 홍차만 마시고 원시적인 비프스테이크를 먹기 때문이라고 평하는 사람도 있지만, 프로이센 지역 사람들이 예민한 건 어쩌면 맛있는 커피의 산물일지도 모른다. 파리의 모닝커피와 몽둥이같이 생긴 빵은 다들 알다시피 맛있다. 급사가 "맛있게 드세요."라며 작은 쟁반에 들고 오는 아침은 하루의 큰 즐거움이었던 게 떠올랐다. 마드레느 근처의 유명한 카페에서 잔을 들자 받침까지 같이 들려서 놀란 기억도 있다. 받침에 떨어진 커피 방울이 굳어서 생긴 일이었다.

외국에서 돌아온 뒤로 일요일에는 커피를 마시러 긴자의 후게쓰에 자주 갔다. 그 무렵 거기 말고는 커피다운 커피를 마실 수 있는 곳을 알지 못했다. 어떤 가게에서는 커피인지 홍차인지 한참을 생각해야만 알 수 있는 음료가 나왔고, 때로는 팥죽 맛이 나는 걸 마신 적도 있었다. 거의 한몸이나 다름없는 독일인 피아니스트 S씨와 첼리스트 W씨를 후게쓰에서 자주 보았다. 두 사람 역시 거기서 마시는 한잔의 커피로 베를린이나 라이프치히의 추억을 떠올리는 듯 했다. 당시 종업원들은 기모노를 입고 있었는데 지진 이후에 건너편으로 가게를 옮기고부터는 턱시도 같은 걸 입었다. 그 후로 왠지 나는 거기에 잘 안 가게 되었다. S, F, K 같은 우리에게 맞는 찻집이 생겨서 자연스럽게 그쪽으로 발걸음을 돌렸다.

나는 커피뿐 아니라 다른 음식에 대해서도 전문적인 지식은 전혀 없다. 하지만 가게마다 커피 맛이 다르다는 건 알 수 있다. 크림의 향미도 가게에 따라 큰 차이가 있는데 그게 제법 중요한 미각적 요소라는 것도 알고 있다. 커피 추출 방법은 그야말로 하나의 예술이다.

그러나 내가 커피를 마시는 건 단순히 커피라는 차를 마시기 위해서는 아닌 것 같다. 부엌에서 기껏 애써서 맛있게 내린 커피를 어질러진 거실의 책상 위에 놓고 마시면 아무래도 무언가 부족해서 커피 마신 기분이 안 난다. 인조일지라도 대리석이나 유백색 유리 테이블 위에 은 식기가 빛나고, 카네이션 한 송이라도 향기를 풍겨야 한다. 또 장식장에서도 은 식기와 유리그릇이 밤하늘의 별처럼 빛나야 한다. 여름이라면 머리 위에서 선풍기가 돌아가고, 겨울이라면 스토브가 희미한 온기를 전해 주어야 한다. 그렇지 않으면 제대로 된 커피 맛이 나지 않는 것 같다. 커피 맛은 커피가 불러내는 환상곡의 맛이다. 그걸 불러내기 위해서는 역시 적당한 반주나 전주가 필요하다. 은과 크리스털이 빚어내는 섬광의 아르페지오는 그야말로 관현악의 단원 같은 역할을 한다.

연구가 진전이 안 돼서 막막할 때 커피를 마신다. 커피잔 가장자리에 입술이 닿는 순간 번쩍 한 줄기 빛이 비치는 느낌이 들면서 간단히 해결의 실마리가 떠오르는 일이 종종 있다.

어쩌면 이런 현상이 커피 중독 증상일지 모른다는 생각을 한 적도 있다. 하지만 중독이라면 마시지 않을 때는 정신 기능이 현저하게 감퇴하고 마셨을 때만 정상적으로 작용해야 할 텐데 그 정도는 아닌 것 같다. 역시 이 홍분제의 정당한 작용이고 효과인 게 틀림없다.

커피가 흥분제라는 건 알고 있었지만 딱 한 번 제대로 그 의미를 체험한 적이 있다. 병이 나서 일 년 넘게 커피를 입에도 안 대다가 어느 가을날 오후 오랜만에 긴자에 갔을 때, 바로 그 한 잔을 맛보았다. 어슬렁어슬렁 걸어서 히비야 근처까지 갔는데 왠지 그 주변의 모습이 평상시와는 달라 보였다. 공원의 가로수며 지나다니는 전차며 늘 보던 모든 것들이 너무도 아름답고 밝고 유쾌하게 느껴지고, 주위의 사람들 모두 믿음직스럽게 보였다. 한마디로 온 세상이 축복과 희망으로 넘쳐나며 빛나고 있었다. 정신을 차리고 보니 양쪽 손바닥에 축축하게 진땀이 배어 있었다. 이거야말로 무서운 독약 같다는 감탄이 나오기도 했고, 또 인간은 아주 작은 약물에도 지배당하는 가련한 존재라는 생각이 들기도 했다.

스포츠를 좋아하는 사람이 경기를 관람할 때 역시나 비슷한 흥분 상태가 되는 모양이다. 종교에 진심인 사람 역시 이와 유사한 황홀경을 경험하는 게 아닐까. 어쩌면 무슨무슨 주술이라고 불리는 심리적 요법 같은 것에 이용될 수도 있겠다는 생각까지 들었다.

술이나 커피 같은 건 소위 금욕주의자가 보기에는 진

짜 백해무익한 것일지도 모른다. 하지만 예술, 철학 그리고 종교 역시 이런 물질들과 아주 유사한 효력을 인간의 육체와 정신에 미치는 것 같다. 금욕주의자이면서 금욕주의 철학에 도취한 나머지 젊은 나이에 자살한 로마의 시인 철학자도 있을 정도이다. 영화나 소설 같은 예술에 심취해서 도둑질이나 방화를 하는 소년이 있는가 하면 외래의 철학 사상에 빠져서 세상을 시끄럽게 하고 목숨을 버리는 사람 역시 적지 않다. 유사종교에 빠져서 가족을 힘들게 하는 남자가 있는가 하면 전쟁을 일으키고도 후회하지 않는 왕자도 있었던 것 같다.

예술이든 철학이든 종교든 그게 인간으로서의 표면적이고 실천적인 활동의 원동력으로 작용할 때 비로소 현실적인 의미와 가치가 있는 게 아닐까. 그런 의미에서 말하자면 대리석 탁자 위에 놓인 한잔의 커피가 나에겐 철학이고 종교이고 예술일지 모른다. 이걸로 내 본연의 일에 조금이라도 능률을 올릴 수 있다면 적어도 나에게는 서툰 예술이나 성숙하지 못한 철학이나 미지근한 종교보다 훨씬 실용적이다. 다만 너무 저렴하고 평판이 그저 그런 탐욕스러운 원동력이 아니냐고 한다면 할 말은 없다. 하지만 이런 게 있다고 나쁠 건 없지 않냐고 해 버리면 그만 아니겠는가.

종교는 사람들을 빠져들게 하여 관능과 이성을 마비시킨다는 점에서 술과 유사하다. 반면 커피의 효과는 관능을 예민하게 하고 통찰과 인식을 투명하게 한다는 점에서 철학과 어느 정도 닮았다고 생각한다. 술이나 종교가 사람을 죽이는 경우는 많지만, 커피나 철학에 취해서 범죄를 저지르는 사람은 드물다. 전자는 신앙적인 주관이지만, 후자는 회의적인 객관이라서 그럴지도 모른다.

예술이라는 요리의 맛도 때로 사람을 취하게 한다. 취하게 하는 성분에는 술도 있고, 니코틴, 아트로핀, 코카인, 모르핀 등 여러 가지가 있다. 이 성분에 따라 예술을 분류할 수 있을지도 모르겠다. 코카인 예술이나 모르핀 문학이 너무 많아 슬플 따름이다.

커피에 관한 수필이 결국 커피에 대한 철학 서설 같은 게 되어 버렸다. 이것 역시 방금 마신 커피 한잔에 취한 효과가 아닐까 싶다.

데라다 도라히코(寺田寅彦, 1878~1935), 물리학자, 수필가

번역 서 홍

꽃보다 경단

마사무네 하쿠초

센조쿠 호수 근처에 있는 우리 집 맞은편은 도쿄 근교의 벚꽃 명소이다. 전쟁이 끝나기 1년 전에 가루이자와로 옮긴 뒤로 십몇 년 동안 한 달에 한 번은 꼭 도쿄에 갔다. 하지만 벚꽃은 워낙 빨리 지기 때문에 꽃이 한창일 때 간 적은 한 번도 없다. 최근 여기서 지내게 되고서야 비로소 흐드러지게 핀 꽃을 아침저녁으로 마음껏 볼 수 있었다. 날씨가 갑자기 따뜻해져서 꽃이 금방 피기 시작했다. 『세설』* 속에서 어떤 여성은 제일 좋아하는 꽃이 뭐냐는 질문에 벚꽃이라고 했다. 좋아하는 생선이 무엇이냐는 질

---

* 다니자키 준이치로의 장편 소설.

문에는 도미라고 했다. 그게 아마 일본인의 평균적인 기호일 거다. 세토나이 바다*의 연안에서 태어난 나는 가장 맛있는 생선은 도미 하마야키라는 말을 듣고 자랐다. 갓 잡은 도미를 바닷가의 소금가마 속에서 구운 게 인류 최고의 미식이라고 주변에서 들었고 그렇게 믿고 있었다. 또 꽃은 벚꽃이라고 어린 마음에 주입되어 있었다. 지금 나는 방 앞에 막 피기 시작한 꽃과 반 정도 핀 꽃, 만개한 꽃 등 앞다투어 흐드러지게 피어 있는 한 무더기의 벚꽃을 보면서 '꽃의 왕은 벚꽃이고, 생선의 왕은 도미'라고 어릴 적부터 배운 걸 떠올리고 있다. 앞으로는 내가 가 봤던 벚꽃 명소를 하나씩 떠올리는 재미로 여가를 보내려고 한다. 요시노**야말로 가인이나 시인 등이 전통적으로 보증한 일본 최고의 벚꽃 명소가 아닐까 싶다. 요시노에 세 번 갔었는데 처음 갔을 때가 가장 좋았다. 그 당시에는 벚꽃이 만개했을 때도 사람이 그다지 많지 않았다. 취객들이 추태를 부리는 일도 별로 없었다. 나이가 들면서 두세 번 더 가다 보니 꽃이 지고 난 뒤의 요시노가 훨

---

* 혼슈, 규슈, 시코쿠로 둘러싸인 일본 최대의 내해.

** 나라 현에 있는 벚꽃 명소.

씬 좋다는 생각이 들기도 했다.

와카, 하이쿠,* 모노가타리,** 회화, 음악 할 것 없이 모든 예술이 고대부터 오늘에 이르기까지 변함없이 벚꽃을 찬양하고 있다. 벚꽃을 찬미하는 새로운 단어가 더 이상은 남아 있을 것 같지 않다. 도미는 생선의 왕, 벚꽃은 꽃의 왕, 사자는 백수의 왕, 인간은 만물의 영장.

'신은 천지의 주관자시고 인간은 만물의 영장'이라고 내가 유년 시절에 배운 첫 교과서에 쓰여 있었다. 이런 어려운 문장이 어떤 의미인지 설명도 없이 무작정 따라 읽게 하고 외우게 했었는데, 이 문장이 미국 초등학교 교과서를 직역한 것이었다고 한다. 또한 도덕 교과서에는 '술과 담배는 건강에 해롭다' 같은 훈계하는 글이 쓰여 있었고 예닐곱 살 무렵의 우리는 그걸 최초의 인생 교훈처럼 배웠다.

이런 초등학교 도덕 교과서를 학교에서 배우는 것 말고도 우리는 봉건시대의 데라코야*** 방식에 따라 효경, 논어, 맹자 등을 무작정 따라 읽었다. 나중에 생각해 보니

---

* 5, 7, 5조의 정형시.
** 산문 문학.
*** 아이들에게 문자를 가르치던 서민 교육시설.

그렇게 그냥 따라 읽었던 것이 어느 정도는 마음의 양식이 되어 도움이 되었던 것도 같다.

또 그 무렵에 작문도 배우기 시작했는데 '천장절'*'이라든가, 춘분에 산에 오른 경험 같은 주제로 작문을 해야 하는 과제가 있었다. 과제니까 일단 연필은 들었지만, 결국 아무것도 쓰지 않았다.

'동네 어느 집에서나 국기가 펄럭였다'라거나 '날씨가 청량하고 바다도 고요했다' 같이 머리를 굴려서 어떻게든지 써 내기만 해도 그걸로 무언가 엄청나게 큰일을 해 낸 것 같은 기분이 들었다. 국기가 걸려 있는 집이 거의 없었지만, 그렇게 썼던 거다. 그 무렵의 작문은 그걸로 충분했다. 물 한 병 들고 산에 오른다고 써도 괜찮았다.

한번은 꽃놀이에 대한 과제가 나왔다. 산이며 들이며 어디든 벚꽃이 피어 있어서 그걸 보고 무언가 쓸 생각이었다. 그런데 나도 모르게 집중하다 보니 꽃은 어째서 이렇게 아름다운 건지 신기하다는 생각이 들기 시작했다. 우리 집 별채의 정원에는 겹벚꽃 나무 한 그루가 있었다. 홑벚꽃보다 늦게 피는 그 꽃이 피면 할머니가 손수 도시

---

* 천황의 생일을 축하하는 기념일.

락을 만들고 손주들과 꽃놀이를 하기도 했다. 나는 그걸 작문의 소재로 삼아 꽃놀이에 대해 쓰려고 했다. 그래서 별채 뜰에 있는 아직 피지 않은 겹벚꽃을 올려다 보면서 글을 쓰려고 했는데 쓰려고 하면 할수록 머리가 뒤죽박죽이 되어 아무것도 쓸 수 없었다. 예쁘게 핀 꽃 아래에서 할머니랑 우리 형제들이 모여앉아 계란말이랑 어묵이랑 채소조림 도시락을 먹었단 얘기를, 올해는 아직 먹지 않았지만 먹은 셈 치고 쓰려고 했다. 하지만 먹지도 않고 먹은 척하면서 쓰려니 시시해졌다. 올해 처음으로 '꽃잎은 어째서 저렇게 예쁜 거지?'라는 희한한 생각이 들었다는 걸 쓰려고 했다. 그런데 그런 걸 쓰면 안 될 것 같았다. 그 래서 어쩔 수 없이 아무것도 안 쓰고 백지를 냈다.

"이게 뭐야? 아무것도 안 쓰면 빵점이다."

"도저히 못 쓰겠어요."

"뭐든지 써 봐. 지금 벚꽃이 한창이잖아. '꽃은 벚꽃, 사람은 사무라이'라는 말을 너도 들은 적 있지?"

"아뇨."

"그럼 '꽃보다 경단.' 너도 경단 좋아하지? 꽃 보러 가서 경단 먹었다고 쓰면 되잖아."

선생님에게 그런 얘기를 듣고 그대로 쓰려고 했다. 벚

꽃보다 경단이나 먹고 싶다고 생각하면서 연필을 들었더니 벚꽃이 경단처럼 보이기 시작했다. '둥근 경단이 꽂힌 꼬챙이가 죽 세워져 있는 게 꼭 활짝 핀 벚꽃 나무 같은데?' 그런 생각이 드니 너무 재밌어졌다.

'벚꽃 놀이에 대한 기록'이 경단에 대한 기록이 되었다. '경단이 피었다, 경단이 피었다'라고 썼다. 선생님은 좋은 점수를 주셨다. 이 선생님도 좀 재미있는 사람이었던 것 같다.

하지만 경단은 경단, 벚꽃은 벚꽃이다. 경단은 입에 맛있는 것이고, 벚꽃은 눈에 아름다운 것이다. 어느 날 옆집에서 준 경단을 잔뜩 먹은 나는 별채에 하나둘 피기 시작한 꽃을 혼자서 바라보고 있었다. 경단 때문에 배가 불러서 소화를 시키려고 그런 건지 벚꽃 나무에 거침없이 올라가서 피어 있는 꽃을 한 움큼 뜯어 입에 넣었다. 맛이 있고 없고를 떠나 아름다운 것을 입에서 목구멍을 통해 배로 집어넣은 것 같은 기분이었다. 그래서 두 주먹, 세 주먹 우걱우걱 먹었다. 더 이상 먹을 수 없을 만큼 먹은 뒤에 나무에서 뛰어내려 꽃을 올려다보고 있으니, '이런 아름다운 꽃 맛은 아무도 모를 거야'라는 생각에 우쭐해졌다. 하지만 아무리 아름다워도 인간이 먹는 음식은 아닌 것 같아서 아무에게도 말하지 않았다.

다음 날 점심을 먹고 나서 별채 뜰로 다시 나왔더니 어제보다도 더 빛깔이 고와진 꽃에 마음이 끌렸다. 결국 또다시 나무에 올라 두 움큼, 세 움큼 뜯어서 입에 넣고 목구멍으로 넘겼다. 맛이 어떻든지 아름다운 걸 배 속에 넣었다는 게 기분 좋았다. '식구들에게 들키기 전까지 얼마나 먹을 수 있을까?' 남들은 모르는 색다른 즐거움 하나가 생겼다.

마사무네 하쿠초(正宗白鳥, 1879~1962), 소설가, 극작가

번역 서 홍

내가 좋아하는 아침 메뉴

하야시 후미코

1

런던에서 두 달 정도 하숙을 한 적이 있는데 두 달 내내 아침밥 메뉴가 똑같아서 놀랐다. 오트밀, 햄에그, 베이컨, 홍차. 그때 질렸는지 지금도 햄에그와 베이컨을 보면 속이 메슥거릴 때가 있다.

일본에서는 일 년 내내 아침마다 미소시루를 먹는다. 영국에서는 365일 햄에그가 나오는 걸 보니 일본의 미소시루 같은 건가 보다. 단, 런던의 오트밀은 제법 맛있다고 생각했다. 따뜻할 때 버터를 녹여서 소금이나 마멀레이드로 맛을 내거나 설탕과 우유를 섞어 먹기도 했다.

파리에서는 매일 아침 근처 카페에서 갓 구운 크루아상과 향긋한 커피를 즐겼다. 아침밥을 너무 많이 먹으면 온종일 머리랑 위가 무거운 느낌이라 파리식 아침이 우리에게는 가장 잘 맞는 것 같다.

갓 내린 커피 한잔으로 아침을 때울 때도 가끔 있지만, 홍차에 빵과 채소를 먹는 게 좋다. 요즘 같은 계절에는 오이를 많이 먹는다. 얇게 자른 오이를 진한 소금물에 절인 뒤 씻어 둔다. 그걸 버터 바른 빵에 올려서 홍차와 함께 먹는다. 홍차에 우유는 넣지 않고 위스키나 포도주를 한두 방울 섞는다. 내게는 이게 최고의 아침 식사다.

철야를 해서 머리가 몽롱할 때는 이를 닦은 뒤 냉장고에서 꺼낸 차가운 위스키를 작은 컵에 따라 한잔 마신다. 하루가 놀랄 정도로 활기차진다. 이건 특히 한여름에 아침 식사할 시간이 없을 때의 묘책이다.

여름에는 여러 가지 다양한 아침 식사를 즐긴다. '밥'이면 갓 지은 뜨거운 밥에 우메보시*를 얹고 냉수를 부어 먹는 것도 좋다. 갓 지은 탱글탱글한 밥은 봄, 여름, 가을, 겨울 사계절 언제 먹어도 맛있다. 진밥보다 찰진 밥,

---

* 매실을 소금에 절인 음식.

윤기 나는 밥이 좋다. 퍼석한 밥은 싫다. 잠든 아이의 모습처럼 통통하게 뜸이 잘 든 밥을 그릇에 퍼 담을 때의 기분은 말로는 표현할 수 없다. 미소시루는 담배를 피우는 사람에게는 좋겠지만, 우리 집에서는 한 달에 열흘 정도밖에 안 끓인다. 대부분은 채소랑 빵과 홍차를 먹는다. 미소시루나 밥은 역시 겨울이 제격이다.

지금부터는 토마토도 한창이다. 분홍색의 빅토리아라는 이름의 토마토를 빵에 넣으면 맛있다. 토마토를 빵에 넣을 때는 빵 안쪽에 땅콩버터를 바르고 드시기를. 너무 맛있어서 하늘을 나는 듯한 기분이 된다. 그리고 쓰쿠다니*를 빵과 곁들여도 나쁘지 않다.

마멀레이드는 대부분 집에서 직접 만든다. 나는 캔에 든 마멀레이드를 별로 좋아하지 않아서 꼭 사야할 때는 되도록 병에 들어 있는 것을 고른다. 감사한 건 일본에서도 오이 피클을 맛있게 만들게 되었다는 점이다. 거기에 겨자를 조금 발라 빵과 함께 먹으며 설탕이 듬뿍 든 홍차를 홀짝이는 것도 좋다. 또 내가 맛있겠다고 생각해 낸 것 중에는 금방 튀긴 파슬리를 넣은 빵이랑 한여름 아침마

---

* 작은 생선이나 채소, 해조류를 간장과 설탕으로 조린 음식.

다 농부가 팔러 오는 무순을 파랗게 데쳐서 땅콩버터로 버무려서 속을 채운 빵이 있다. 무의 새싹을 뽑는다는 게 조금 미안하긴 하지만, 시도해 보시기를 바란다. 제법 맛있다. 장마철의 아침밥은 뭐니 뭐니 해도 입이 델 정도로 뜨거운 커피와 토스트다.

아침마다 버터만큼은 충분히 드시기를. 피부에서 윤기가 날 테니. 외국에서는 버터를 일본의 간장처럼 사용하는 모양이다. 버터를 아끼는 식탁은 별로 좋아하지 않는다. 일요일 아침으로는 정어리 조림과 토마토, 잘게 썬 양상추가 빵하고도 밥하고도 잘 어울린다.

아침마다 다양한 차를 마셔 보면서 좋은 차를 음미할 수 있는 혀를 갖고 싶다. 차를 탈 때도 밥을 지을 때와 마음가짐은 똑같다. 커피에는 비린 것, 생선, 채소 모두 다 안 어울리는 것 같아서 이도 저도 귀찮을 때는 대부분 홍차를 마신다. 단, 고기류를 먹고 나서 식후에 마시는 커피는 맛있다. 식사와 차를 같이 낼 때는 홍차가 나은 것 같은데 어떻게 생각하시는지.

2

　요전에 다카미 준 씨의 『진눈깨비가 내리는 배경』이라는 소설을 읽다 보니 교외에서 만나 아침밥을 먹는 장면이 있었다. 뛰어난 필체로 저렴한 아침밥에 대해 묘사하는 장면이 여러 차례 나왔는데 여자 주인공이 밥과 차를 먹어 보면 그 집 음식의 수준을 짐작할 수 있다고 했다. 내 생각도 그렇다.

　나는 여기저기 여행을 다니기 때문에 여행지 숙소에서 먹는 아침 식사에 대한 추억이 셀 수 없을 정도로 많다. 먼저 흉부터 보자면 지금도 똑똑히 기억나는 건 아카쿠라 온천에 있는 고가쿠로라는 온천여관에 묵었을 때의 일이다. 여기는 자동차로 마중 나와 주는 고급 여관이라고 하던데 아침 식사에 데운 밥이 나와서 기겁을 했다. 마침 5월 무렵이라 손님이 없을 때라서 식사 때마다 새로 밥을 지을 수 없었을지도 모른다. 하지만 이삼일 묵는 동안 두세 번 데운 밥이 나오는 바람에 결국 여종업원과 담판을 벌인 적이 있다. 거의 3, 4년 전의 일인데도 그때의 분한 마음이 여전히 떠오르는 걸 보면 음식에 대한 원한도 제법 뒤끝이 있는 모양이다. 도호쿠 지방*은 아침밥

뿐 아니라 음식이 대체로 맛이 없다. 게다가 가라후토[**] 지역에서는 아침부터 비린 음식이 나온다.

시즈오카의 쓰지우메라는 여관에서 먹은 아침밥이 맛있었다. 특히 차가 맛있어서 좋았다는 기억이 있다. 교토의 나와테에 있는 니시타케라는 집도 아침밥이 찰진 게 맛있었다. 하지만 가장 맛있는 건 배 안에서 먹는 밥이다. 배에 탈 때마다 생각하는 건데 특히나 다이렌 항로의 아침밥은 정말 맛있어서 감탄이 절로 나온다. 배에서는 아침에 먹는 토스트도 제법 맛있다.

빵하면 떠오르는 건 베이징 북경반점에서 아침 식사에 나오는 마멀레이드이다. 이건 도대체 누가 만드는지, 투명한 연노랑 빛깔에 달지도 시지도 않은 게 정말 맛있다.

나는 친구 집에서 묵은 적이 거의 없는데 가마쿠라의 후카다 규야 씨 집에 묵었을 때 먹은 아침밥은 지금도 가끔 생각이 난다. 부인은 보기와 다르게 요리를 좋아했고 짧은 시간에 맛있는 걸 만드는 재주가 있었다. 화로에서 지글지글 구워주는 햄, 달걀찜, 채소 절임은 생각만 해도

---

[*]   일본의 동북부 지역.
[**]   지금의 사할린.

군침이 도는 걸 보니 정말 맛있었던 모양이다.

아침에 고기가 나오는 건 별로 신경 쓰이지 않지만, 아침부터 생선이 나오면 난처하다. 중국의 어촌에 가면 아침부터 갯가재 조림 같은 게 나온다. 아침에 먹는 과일은 보약이라고 하던데 중국에서 좋았던 건 과일을 마음껏 먹을 수 있었다는 점이다. 요즘은 아침마다 레몬을 잘라 물에 띄워 마시는데 운동 부족일 때 아주 좋은 것 같다. 요맘때는 딸기 설탕절임도 빵과 곁들이면 맛있다. 껍질콩 버터 볶음과 뜨거운 찐 감자에 가나자와의 성게알을 곁들여 먹는 건 여름 아침의 즐거움 가운데 하나다. 여러 지역의 성게알을 먹어 봤지만, 가나자와의 성게알이 가장 맛있다. 아침마다 토스트에 버터처럼 성게알을 발라 먹는데 이건, 진짜 너무 감동적인 맛이다. 음식 얘기라면 쓰고 싶은 게 아직도 많지만 잠깐 쉬면서 그동안 '맛있는 거 먹고 다니기'라도 써야 할 것 같다.

하야시 후미코(林芙美子, 1903~1951), 소설가

번역 서 홍

가을과 만보(漫步)

하기와라 사쿠타로

나는 사계절 중에서 가을을 가장 좋아한다. 아마도 대부분의 사람이 그럴 거라고 생각한다. 일본이라는 나라는 기후만 보면 그다지 살기 좋은 나라가 아니다. 습하고 무더운 여름은 세계 어디에도 비할 곳이 없다고 한다. 봄에는 하늘이 낮고 우중충하고, 겨울에는 마치 종이로 만든 집 같은 시설에 비해 추위가 좀 심한 편이다(더구나 그런 종이 집이 아니면 여름의 더위를 견딜 수 없다). 일본 기후 중에서는 쾌적한 가을만이 인간이 살기에 적합하다.

하지만 내가 가을을 좋아하는 건 이런 일반적인 이유뿐만 아니라 개인적인 특별한 이유도 있다. 그건 가을이 산책하기에 가장 적합하기 때문이다. 원래 나는 별 취미도 없고 오락도 그다지 좋아하지 않는 인간이다. 낚시라든가 골프, 미술품 수집 같은 것도 전혀 안 한다. 바둑이나 장기는 좋아하지만, 친구들과의 교류가 별로 없다 보니 같이 즐길 상대가 없어서 결국 그것도 하지 않게 되었다. 여행도 거의 한 적이 없다. 싫어하는 건 아니지만, 짐 싸기랑 여비를 계산하는 게 귀찮고, 거기다 숙박 시설에 묵는 게 정말로 싫기 때문이다. 이런 내 성격을 아는 사람은 내가 매일 집에서 할 일 없이 지루하게 시간을 허비하면서 잡지나 읽으며 뒹굴뒹굴할 거라고 생각할지도 모른다. 하지만 그건 착각이다. 나는 글을 쓸 때 말고는 반나절 이상 집에 있었던 적이 없다. 들개처럼 온종일 집 밖을 이리저리 쏘다닌다. 이게 내 유일한 '오락'이고, '심심풀이'다. 그러니까 내가 가을을 좋아하는 건 밖에서 노는 걸 좋아하는 한량들이 가을을 좋아하는 것과 같은 이유이다.

아까 '산책'이라고 했지만, 내 경우는 이 단어가 별로 적합하지 않다. 그렇다고 최근 유행하는 하이킹처럼 산뜻하고 느낌 있는 그런 걷기도 아니다. 대부분 목적지도 방향도 없이 정신 나간 사람처럼 어슬렁어슬렁 이리저리 헤매고 다닌다. 그래서 '만보(漫步)'라는 말이 가장 적절하지만, 내 경우는 명상에 잠겨 있는 거니까 '명보(冥步)'라는 글자를 사용하고 싶다.

나는 어디든 돌아다닌다. 하지만 대부분은 시내의 번화하고 시끌벅적한 곳을 걷는다. 걷다가 지치면 아무 벤치든 찾아서 앉는다. 그러기에는 공원과 정류장이 가장 적합한데 특히 정류장 대합실이 좋다. 그냥 쉬기만 하는 게 아니라 거기서 여행객이랑 사람들을 구경하는 게 즐겁다. 가끔은 오로지 그런 즐거움만을 위해 정류장에 가서 세 시간이나 멍하게 앉아 있었던 적도 있다. 그런데 집에서는 지루해서 한 시간도 앉아 있을 수가 없다. 에드거 앨런 포의 어떤 소설에는 마음의 안정을 얻기 위해 온종일 군중 속을 걸어 다녀야만 하는 불행한 남자가 나온다. 나는 그 심리를 잘 이해할 수 있을 것 같다. 내 고향 동네에 있던 다케라는 거지는 상당한 재산이 있는 농가의 외동아들인데도 집을 나와 구걸을 하고 다녔다. 경찰이 붙잡아 시골집으로 돌려보내면 바로 다시 시내로 도망쳐 나와서 온종일 번화한 거리를 헤매고 다닌다.

가을날의 청명한 하늘을 보면 알 수 없는 향수가 느껴진다. 어딘지 모르는 미지의 도시로 여행을 떠나고 싶어지는 것이다. 그러나 앞에서 말한 대로 나는 기차 시간표를 찾아보거나 짐을 싸는 게 싫어서 결국 여행에 대한 유혹은 마음속에서 사라져 버린다. 하지만 때로는 그런 귀찮은 일을 안 해도 되는 간편한 여행을 떠난다. 도쿄 지도를 품속에 넣고 혼조 후카가와의 낯선 동네랑 아사쿠사, 아자부, 아카사카 등 숨겨진 뒷골목을 찾아 걷는 거다. 특히 무사시노의 평야를 사방으로 가로지르는 전차를 타고 선로 주변의 신도시를 보러 가는 게 이상하게 재미있다. 히몬야, 무사시코야마, 도고시긴자 등 듣도 보도 못한 이름의 동네가 광활한 들판 한가운데 실제로 존재하며, 마치 꿈속에서 본 용궁처럼 붐비고 있었다. 가게마다 개점을 알리는 빨간 광고 깃발이 펄럭이고, 악대가 울려대는 광고 음악 소리가 가을 하늘 높이 울려 퍼진다.

집을 좋아하지 않는 나. 밖에서 만보 생활만 하는 나는 부랑자의 한량 기질을 타고났는지도 모르겠다. 그러나 사실은 혼자 자유롭게 있는 걸 좋아하는 내 고독한 성향이 그렇게 만들었을 거다. 왜냐면 사람은 집 밖에 있을 때 진정으로 자유롭기에.

하기와라 사쿠타로(萩原朔太郎, 1886~1942), 시인

번역 서 홍

일본문학 컬렉션 **04**

옛 추억을 떠올리며

사프란

모리 오가이

이름을 듣고도 누군지 모를 때가 꽤 있다. 사람뿐만이 아니다. 모든 사물이 그렇다.

나는 어릴 때부터 책을 좋아했다. 소년이 읽을 만한 잡지도 옛날이야기 책도 없던 시대에 태어났기 때문에 할머니가 시집올 때 가져오셨다는 백인일수* 라든가 할아버지가 읊으셨던 조루리**나 요곡의 줄거리를 모은 그림책 같은 걸 닥치는 대로 읽었다. 연날리기는 해본 적도 없고 팽이치기도 안 했다. 이웃집 아이들과 친하게 지내지

---

* 백 명의 가인의 시를 하나씩 뽑아서 모은 책.
** 반주에 맞추어 이야기를 읊는 전통 예능.

도 않았다. 그래서 더욱 책에 빠져들었고 그릇에 때가 끼 듯이 많은 사물의 이름이 기억에 남아 있다. 그런 식으로 이름은 익혔지만 정작 사물을 알지 못하는, 반쪽밖에 모르는 사람이 되었다. 대부분의 사물 이름이 그랬다. 식물 이름도 마찬가지다.

아버지는 네덜란드 의술을 공부한 의사였다. 어릴 적부터 네덜란드어를 가르쳐 주셔서 조금씩 배웠다. 문법 책이라는 걸 읽었다. 두 권으로 나누어져 있었는데 전편은 단어를, 후편은 문법을 설명한 것이었다. 그걸 읽을 때면 사전을 이용했다. 네덜란드어 일본어 대역사전 두 권이었는데 크고 두꺼운 옛날식 책이었다. 그걸 반복해서 읽다가 우연히 '사프란'이라는 단어와 맞닥뜨렸다. 아직 『식자계원』*이라는 책이 통용되던 시대의 사전이라 한자를 발음에 맞게 표기한 단어였다. 지금도 그 글자를 기억하고 있다. 사프란이라는 세 글자 가운데 첫 글자는 지금은 활자에서 사라지고 없는데, 물 수(水) 변에 스스로 자(自) 자이고, 그 다음이 지아비 부(夫) 자, 마지막이 쪽 람(藍) 자다.

---

* 유럽의 식물학을 체계적으로 소개한 일본 최초의 책.

"아버지, 사프란이 풀 이름이라고 되어 있는데 무슨 풀이에요?"

"꽃을 따서 말린 다음 물을 들일 때 쓰는 풀이야. 내가 보여 주마."

아버지는 약을 넣어 둔 서랍장에서 거무스름하게 오그라든 물건을 꺼내 보여 주었다. 아버지도 생화는 본 적이 없을지도 모른다. 이름뿐만 아니라 어쩌다 사물을 보게 되더라도 말린 것밖에 볼 수 없었다. 이게 내가 사프란을 처음 본 기억이다.

이삼년 전의 일이다. 우에노 기차역에 내려 인력거를 타고 집으로 돌아가는 길에 길가 좌판에서 보라색 꽃이 막 피기 시작한 화초를 늘어놓고 파는 걸 보았다. '오, 사프란이구나' 아이 때 이후로 노인이 다 될 때까지 사프란에 대한 지식이 거의 늘진 않았지만 식물도감에서 생화를 본 적이 있어서 알아봤다. 언제부터 도쿄에서 화초를 키우게 된 건지는 모르겠다. 어쨌든 사프란을 파는 사람이 있다는 걸 이때 처음 알았다.

어디로 여행을 갔을 때인지는 기억나지 않지만 서리가 내린 아침에 여관을 나섰다. 온실 밖에는 이미 꽃들이 다 지고 없었다. 산다화도, 차나무 꽃도 없었다.

사프란에도 종류가 많다는 것은 어디에선가 읽은 적이 있지만 그때 내가 봤던 사프란은 매우 늦게 피는 꽃이었다. 그러나 극과 극은 서로 통하는 법. 아주 빨리 피는 꽃이기도 하다. 수선화나 히아신스보다 빨리 핀다고도 한다.

작년 12월이었다. 산책을 하던 길에 어느 꽃가게에서 2전이라고 가격표가 붙어 있는 사프란을 보았다. 메마른 알뿌리에서 피어난 이삼십 송이의 꽃이 죽 늘어서 있었다. 나는 발걸음을 멈추고 알뿌리 두 개를 사가지고 돌아왔다. 사프란을 직접 갖게 된 건 이때가 처음이었다. 나는 가게의 할아버지에게 물어보았다.

"할아버지, 이걸 심으면 꽃이 또 필까요?"

"그럼요, 잘 자라는 놈이라 내년이면 열 송이는 될 겁니다."

"그렇군요."

나는 집으로 돌아와 정원의 흙을 화분에 조금 담아서 사프란을 심은 후에 서재에 두었다.

꽃은 이삼일 만에 시들었다. 화분은 더러운 실내의 먼지를 온통 뒤집어썼다. 나는 한동안 거들떠보지도 않았다.

올해 1월이 되자 녹색 실 같은 가느다란 잎들이 무성해졌다. 물도 주지 않고 놔뒀는데도 파릇파릇 생기 넘치는 잎사귀가 가득했다. 식물이 돋아나오는 힘은 놀랍기만 하다. 온갖 저항을 이겨내고 살아남아 다시 자란다. 꽃집 할아버지의 말처럼 알뿌리도 점점 더 늘어날 것이다.

유리문 밖에는 서리와 눈을 이겨 낸 복수초가 노란 꽃을 피웠다. 히아신스와 패모 꽃도 화단의 흙을 뚫고 잎이 돋아나기 시작했다. 서재 안에는 사프란 화분이 여전히 파릇파릇하다.

화분의 흙은 지저분한 먼지로 덮여 있지만 그 푸른 빛깔을 보게 되면 무심한 주인이라도 가끔씩 물을 주지 않을 수가 없다. 이것은 눈을 즐겁게 하려는 이기주의(Egoismus)일까, 아니면 나 아닌 다른 것을 사랑하는 이타주의(Altruismus)일까. 인간이 하는 일의 동기는 사방으로 뒤얽히며 자라나는 사프란 잎처럼 스스로도 잘 알지 못한다. 그걸 굳이 담뱃진을 앓은 개구리가 창자를 꺼내 씻어 내듯 속속들이 밝히고 싶지는 않다. 지금 이 화분에 물을 주듯이 내가 어떤 일에 손을 대면 괜히 끼어든다고 하고, 하던 일에서 손을 떼면 독선이라고 한다. 잔인하다고 하고 냉정하다고 한다. 그건 남들의 입에서 나오는 말이다. 남의 말을 듣다 보면 손을 둘 곳이 없어진다.

이건 사프란이라는 풀과 나와의 역사다. 이걸 읽으면

내가 얼마나 사프란에 대해 아는 게 없는지 알 수 있을 것이다. 그러나 아무리 나와 사이가 먼 존재라도 오다가다 옷깃이 스칠 수도 있는 것처럼 사프란과 나 사이에도 접점이 없는 건 아니다. 인간관계도 결국 마찬가지일 것이다.

우주 안에서 지금까지 사프란은 사프란의 생존을 하고 있고 나는 나의 생존을 하고 있다. 앞으로도 사프란은 사프란의 생존을 이어갈 것이다. 그리고 나는 나의 생존을 이어갈 것이다.

모리 오가이(森鷗外, 1862~1922), 소설가, 의사

번역 안영신

꽃을 묻다

니이미 난키치

그 놀이에 어떤 이름이 붙어 있는지는 모르겠다. 요즘 아이들도 그런 놀이를 하는지 거리를 걸을 때 주의 깊게 봤지만 아직까지 한 번도 본 적이 없다. 어린 시절 우리가 그 놀이를 즐겨 하던 당시에 다른 아이들도 그 놀이를 알고 있었는지 그것도 확실하지 않다. 내 또래 사람들에게 한번 물어보고 싶다.

아무래도 그건 우리들만의 놀이였고 그 시절 이전에도, 이후에도 없었을 것 같다. 그렇게 생각하니 기분이 좋다. 우리 친구들 가운데 누군가가 처음으로 만들었다는 건데 도대체 누구일까, 그렇게 정취 있는 놀이를 만들어 낸 건.

이 놀이는 두 사람만 있으면 할 수 있다. 한 사람이 숨바꼭질의 술래처럼 눈을 감고 기다리면 다른 한 사람이 길가나 밭에 핀 여러 종류의 꽃을 따 가지고 온다. 그리고 땅바닥에 찻잔만 한, 아니 더 작은 술잔만 한 구멍을 파고 그 안에 따온 꽃을 알맞게 잘 채워 넣는다. 그리고 유리 조각으로 뚜껑을 만들고 위에다 모래를 덮어서 숨긴다.

'됐어?'하고 술래가 재촉하면 '이제 됐어'라고 신호를 보낸다. 그러면 술래가 눈을 뜨고 주위를 두리번두리번 찾아다니다가 여기다 싶은 곳을 손가락 끝으로 문질러서 꽃이 숨겨진 구멍을 찾아내는 것이다. 그게 전부다.

하지만 그 놀이에서 우리가 느낀 재미는 여타 놀이와는 달랐다. 몰래 숨겨서 술래가 끝까지 찾지 못하게 한다거나, 빨리 찾아내서 술래를 관두는 것에는 그다지 흥미가 없었다. 우리의 관심은 오로지 땅 속에 숨겨진 한 줌의 아름다운 꽃에 있었다.

모래 위로 살며시 기어가는 손가락 끝에 단단한 것이 톡 닿으면 거기에 유리가 있다. 유리 위의 모래를 치운다. 아주 조금, 딱 검지 끝이 닿는 부분만큼만. 그 다음에 구멍으로 들여다본다. 거기엔 우리에게 익숙한 세계와는 전혀 다른, 어딘가 아득히 먼 나라의 동화나 꿈속 같은 분

위기를 풍기는 작은 별천지가 있었다. 작고 작은 별천지. 하지만 그걸 보고 있으면 마냥 작지만은 않았다. 끝없이 넓은 커다란 세계가 응축되어 있는 그런 작은 세계였다. 그래서 그 손끝의 세계는 우리의 마음을 사로잡았던 것이다.

그 놀이는 아무 때나 한 건 아니고 주로 해질 무렵에 했다. 나무에 올라가거나 풀 위에서 뛰어놀다가 격렬한 놀이에 지쳐 해질녘 푸르스름한 공기의 부드러움에 우리의 마음도 녹아들 무렵에 했다. 그 놀이는 아무하고나 하지도 않았다. 그런 놀이를 애초에 좋아하지 않는 친구도 있었는데 여자아이들은 대부분 좋아했다.

둘만 있으면 된다고 했지만 혼자서도 못할 건 없었다. 나는 혼자서도 자주 했다. 혼자 있을 때는 내가 두 사람 역할을 하면 된다. 그러니까 꽃을 따서 감춰 두고 거기서 좀 떨어진 집 모퉁이를 한 바퀴 돌고 나서 눈을 감고 백이나 이백까지 센 다음에 찾으러 가는 것이다.

하지만 혼자 할 때는 마음에 흐르는 쓸쓸함이 손가락 끝에 닿는 유리의 차가운 감촉과 눅눅한 흙냄새와 아름다운 꽃의 빛깔에까지 배어들어 더욱 쓸쓸해졌다.

둘이나 셋이서 그 놀이를 한 뒤에 아름다운 작품 하나

를 땅속에 묻어둔 채 그대로 집으로 돌아갈 때도 있었다. 그런 날이면 잠자리에서도 이따금씩 묻어두고 온 꽃을 떠올리곤 했다.

땅속의 작은 꽃 무더기는 내 마음속의 즐거운 비밀이 되었고 그건 어머니에게도 그 누구에게도 말하지 않았다. 다음날 아침에 다시 가서 찾아보면 꽃은 흙의 습기로 인해 조금도 시들지 않았지만 조금 빛이 바래 보여서 실망했다. 밝은 아침 햇살 속에서는 그렇게 보인다는 걸 몰랐던 것이다. 아이들의 마음은 변덕스러워서 전날 밤에 묻어둔 꽃을 다음날 아침에는 잊어버릴 때도 있었다. 꽃들은 그렇게 흙속에서 썩어 갔을 것이다.

우리는 집으로 돌아가기 전에 가지고 놀던 꽃이나 잎을 전부 모아 흙 속에 묻은 다음에 그 위를 발로 밟아놓기도 했다. 놀이가 끝난 후의 이러한 뒷마무리가 아름답고 순결하게 느껴졌다. 어린아이인데 이 얼마나 기특한 짓이란 말인가.

어느 날 저녁 해질 무렵에 우리는 이 놀이를 하고 있었다. 나와 두부가게 린타로, 옷감 공장의 쓰루, 이렇게 동갑내기 세 명이 아키바 씨 집앞 가로등 밑에서 놀이를 하고 있었다.

쓰루는 여자라서 꽃을 잘 다루었는데 아름다운 파노라마를 만들어 우리에게 보여 주는 걸 좋아했다. 처음에는 주로 린타로와 내가 술래가 되어 쓰루가 숨겨놓은 꽃을 찾았다.

나는 쓰루가 만든 꽃 세계가 제법 근사해서 놀랐다. 그녀는 꽃잎을 하나씩 사용하면서 풀잎과 풀꽃 열매를 능숙하게 덧붙였다. 때로는 오비 틈에 꽂혀 있는 작은 주머니에서 모래알만 한 구슬을 꺼내 꽃잎 사이에 배치하기도 했다. 마치 꽃밭에 별이 내린 것 같았다. 나는 쓰루가 좋았다.

놀이는 자연스레 끝날 때가 오기 마련인데 마지막으로 쓰루와 린타로 둘이서 꽃을 숨기고 나 혼자 술래가 되었다. "됐어."라는 말에 찾으러 나섰지만 아무리 찾아도 보이지 않았다. "좀 더 저쪽으로, 저쪽으로 더!" 쓰루가 말하는 대로 그 주위를 더듬어 봤지만 도저히 찾을 수 없었다. 린타로는 히죽히죽 웃으며 가로등에 몸을 기댄 채 쳐다보고 있었다. 린타로는 쓰루가 꽃을 묻는 걸 그저 보고만 있었던 게 틀림없다. "못 찾겠어!" 나는 결국 항복했다. 그러면 뜻밖의 장소에 꽃이 있다는 걸 보여 줘야 하는데 쓰루는 그렇게 하지 않았다. "그럼 내일 찾아."라고 했다.

나는 너무 아쉬워서 다시 땅바닥을 기어 다녔지만 끝내 찾지 못한 채 집으로 돌아갔다. 가끔씩 가로등 밑의 좁다란 땅바닥이 떠오르곤 했다. 그 어딘가에 쓰루가 만들어 놓은, 이 세상 것이 아닌 듯한 아름다움을 간직한 꽃의 파노라마가 있을 거라고 생각했다. 그 꽃과 구슬의 모습이 눈을 감으면 손에 잡힐 것만 같았다.

아침에 일어나자마자 나는 가로등 밑으로 가 보았다. 그리고 쓰루가 감춘 꽃을 찾기 시작했다. 숨을 헐떡이면서 마치 금이라도 찾듯이 뒤졌지만 끝내 찾지 못했다.

그 후에도 생각이 날 때마다 그곳에 가서 찾았다. 꽃이 이미 다 시들어 버렸을 거라는 생각은 조금도 하지 않았다. 언제든지 눈만 감으면 쓰루가 감춘 꽃과 구슬의 아름다운 모습이 희미한 빛 속에 떠올랐다. 다른 누군가가 발견하면 안 되기 때문에 나는 혼자 있을 땐 꽃을 찾으러 그곳에 갔다.

함께 놀 사람이 없어 혼자 외롭게 있을 때면 가로등 밑에 쓰루가 감춘 꽃이 있다는 생각에 힘이 났다. 그곳으로 달려가 찾아 헤매는 동안 가슴에 차오르는 희망은 그 무엇과도 바꿀 수 없었다. 아무리 찾아도 보이지 않을 때의 초조한 마음이야 말할 것도 없었다.

그러던 어느 날, 나는 린타로에게 들키고 말았다. 여느 때처럼 가로등 아래를 구석구석 뒤지고 있는데 언제 왔는지 린타로가 돌계단에 기대어 옥수수를 먹고 있었다. 린타로가 나를 보고 있다는 걸 깨달은 순간, 나는 도둑질하다가 들킨 것처럼 흠칫 놀라 그냥 얼버무리려고 했다.

하지만 린타로는 내 마음속 깊은 곳, 그러니까 내가 쓰루를 좋아하고 있는 것까지 알아차린 듯 히죽히죽 웃으며 "아직도 찾고 있는 거야? 바보!"라고 말했다. "그건 거짓말이었어. 쓰루는 아무것도 안 숨겼어."

'아아, 그랬구나' 나는 신경 쓰이던 게 사라진 것 같아서 마음이 놓였다.

그 뒤로 가로등 밑은 나에게 아무런 매력도 없는 곳이 되어 버렸다. 가끔 그곳에서 놀다가 여기엔 아무것도 숨겨져 있지 않다고 생각하면 맥이 빠졌다. 아름다운 꽃이 숨겨져 있다고 굳게 믿었던 그때가 그리워졌다.

린타로가 나에게 진실을 말해 주지 않았다면 가로등 밑에 숨겨진 꽃을 생각하는 게 두고두고 즐거웠을지 그건 알 수 없다.

쓰루와는 같은 동네에 살면서도 오랫동안 연락을 끊고 지내다가 내가 중학교를 졸업하고서 편지를 주고받게 되었고 남몰래 만나기도 했다. 하지만 그녀는 그때까지 내 마음속에서 커 가던 쓰루와 너무도 달라져 있었다. 어리석고 허영심 많은 평범한 여자라는 걸 알고서 크게 실망했다. 쓰루가 숨겨 놓은 척했던 그 꽃에 얽힌 추억과 뭔가 비슷해서 슬프다.

니이미 난키치(新美南吉, 1913~1943), 아동문학가

번역 안영신

도토리

데라다 도라히코

몇 년 전인지는 기억나지 않지만 날짜는 기억하고 있다. 연말이 가까워진 26일 밤, 아내는 하녀를 데리고 도쿠다이지*에 불공을 드리러 갔다. 10시가 넘어 집에 돌아온 아내는 선물로 받은 긴쓰바**와 군밤을 옷소매에서 꺼내 내 책상 한구석에 살짝 올려놓고 화장실로 들어갔다. 그런데 잠시 후에 창백한 얼굴로 나오더니 책상 옆에 앉자마자 갑자기 기침을 하며 피를 토했다. 아내만 놀란 게 아니었다. 그때 내 얼굴에서 핏기가 완전히 사라진 걸

---

* 도쿄에 있는 사찰.
** 밀가루에 팥소를 넣어 구운 과자.

보고 더욱 맥이 풀렸다고 나중에 아내가 말해 줬다.

　이튿날 하녀가 약을 처방받아 오더니 갑자기 휴가를 달라고 했다. 이 동네는 위험해서 심부름을 가면 항상 누군가 불쾌한 장난을 치는데, 그게 너무 무섭고 기분 나빠서 일을 할 수 없다는 이상한 말을 했다. 하지만 보다시피 아픈 사람이 있는데, 지금 갑자기 나간다고 하면 곤란하지 않겠냐며 다른 사람이 올 때까지만이라도 참아 달라고 했다. 아직 일개 서생이긴 해도 어쨌든 한 집안의 가장이 간곡하게 부탁을 해서 그날은 겨우 붙잡을 수 있었다. 하지만 다음날이 되자 고향에 계신 부모가 많이 아프다며 기어이 가고 말았다. 외상값을 받으러 온 인력거 가게 할머니한테 누구든 괜찮으니 소개해 달라고 부탁해서 데려온 사람이 미요라는 여자였다. 다행히도 마음씨 착하고 정직한 사람이었는데, 너구리가 사람으로 둔갑한다고 해도 믿을 정도로 조금 맹한 구석이 있었다. 어쨌든 아픈 사람을 정성껏 간호했고 잔소리를 해도 삐치지 않았는데, 가끔 실수도 했다. 손 씻는 물이 담긴 대야를 놓치는 바람에 방 안이 온통 물바다가 되기도 했고, 이불 속에 화로를 넣고 자다가 이불이며 방바닥을 태워서 지름 한 자 정도 구멍이 난 적도 있다. 그래도 미요에 대한 고

마운 마음은 지금도 변함없다.

환자의 상태가 별 차도를 보이지 않는 가운데 한 해가 속절없이 저물어 버렸다. 설맞이 준비도 해야 하는데 뭘 사서 어떻게 해야 하는지도 알 수 없었다. 그래도 미요가 환자의 이야기를 듣고 거기에다 자신의 생각을 보태서 온종일 바쁘게 일했다. 섣달 그믐날 밤 12시가 넘었는데 장지문이 심하게 찢겨 있는 걸 보고 외투에 두건을 뒤집어쓴 채 그릇을 들고 모리가와초에 풀을 사러 가기도 했다. 미요는 그날 새벽 3시가 넘어서까지 곤약 요리를 만들었다.

경사스러운 설날이 되고 따뜻한 날씨가 이어졌다. 환자의 상태도 조금씩 나아졌다. 아내는 바람이 없는 날에는 양지 바른 툇마루에 나와 종이학을 접기도 하고 소중하게 아끼던 인형의 옷을 꿰매 주기도 했다. 날씨가 흐리고 추운 날에는 이부자리에서 '검은 머리카락' 같은 곡을 연주할 정도가 되었다. 그리고 때때로 쓸쓸하게 푸념 섞인 말을 해서 미요와 나를 난처하게 만들었다. 아내는 그때 임신한 상태였고 5월에 첫 출산이라는 큰일을 앞두고 있었다. 게다가 열아홉 살은 큰 액운이 든다는 나이였다. 미요가 휴가를 받아 고향집에 내려간 날 밤, 나는 책상 앞에 앉아 찬바람 소리에 섞인 옆방의 쓸쓸한 숨소리를 들으면서 램프를 바라보다가 긴 한숨을 내쉬기도 했다. 아내는 의사가 안심시키려고 둘러대는 말을 철썩 같이 믿고 정말로 일시적인 기관지 출혈이었다고 생각했던 것 같다. 그렇게 믿고 싶었을 것이다. 그래도 마음이 불안했는지 종종 "진짜 폐병이라 해도 나을 수 있는 거죠?" 이렇게 묻기도 했다. 또 어떤 때는 "당신, 나한테 뭐 숨기는 거 있죠? 틀림없어요. 그렇죠?"라고 다그치듯 물으면서 내 표정을 살폈다. 애원하는 듯한 걱정스러운 눈빛을 쳐다보기가 괴로워서 "바보 같은 소리! 그런 일은 없다고 했잖아."라고 거칠게 대답했다. 그래도 이 말을 듣고 한동안은 마음이 놓였던 모양이다.

병은 조금씩 나아졌다. 2월 초에는 목욕도 하고 머리도 묶을 수 있게 되었다. 인력거 가게 할머니는 "이제 완전히 나은 것 같네."라며 주머니에서 슬그머니 계산서를 꺼냈다. 그러더니 "부디 몸조리 잘하고 빨리 완쾌해야지."라고 말했다. 의사한테 가서 물어보니 좋다 나쁘다 말도 없이 "아무튼 지금 임신 중이니까 이번 5월이 정말 중요합니다."라고만 말해서 불안했다.

그래도 병세가 조금씩 나아졌다. 그달 십 며칠, 바람 없는 따뜻한 날이었다. 의사의 허락을 받았으니 식물원에 가자고 했더니 아내가 무척 좋아했다. 외출하려고 마당으로 나가자 아내는 머리가 너무 엉망이라 조금 매만지고 올 테니 잠깐만 기다려 달라고 말했다. 팔짱을 끼고 툇마루에 걸터앉아 쓸쓸한 마당을 둘러보았다. 작년에 시든 국화가 뽑힌 채로 썩어 가고 있는 데다 종잇조각 같은 게 걸려서 바람도 없는데 추운 듯이 떨고 있었다. 손 씻는 물이 담긴 대야 맞은편의 매화나무 가지에 매화 두 송이가 활짝 피어 있었다. 가까이 가서 봤더니 꽃을 만들어서 붙여 놓은 것이었다. 아마도 환자가 장난삼아 만든 모양이다. 거실 유리창 너머로 아내가 화장대 앞에서 머리카락을 길게 늘어뜨리고 빗질을 하고 있는 게 보였다. 조금 매만지는 줄 알았는데 다시 묶으려는 것 같았다. 그만하고 얼른 나오라고 하고서, 방으로 들어가 아침에 보던 신문을 펼쳤다. 빨리 하라고 큰소리로 재촉하자 아내는 그렇게 다그치니까 잘 안 된다고 말했다. 나는 잠자코 부엌 옆을 돌아서 대문 밖으로 나가 보았다. 지나가는 사람들이 빤히 쳐다봐서 할 수 없이 걷기 시작했다. 동네 반 바퀴를 돌며 어슬렁거렸는데도 안 나와 있기에 왔던 길을 다시 되돌아갔다. 부엌 옆으로 가서 툇마루로 돌아와 보니 어린애처럼 엎드려 울고 있는 아내를 미요가 달래고 있었다. 나보고 너무한다며 혼자서 다녀오라고 했다. 어찌어찌 미요가 어르고 달래서 겨우 집을 나섰다. 화창한 날씨였다. "마음이 증발하여 안개가 될 것 같은 날이군." 이렇게 말하자 조금 뒤에서 신발을 끌며 힘겹게 따라오던 아내는 "네."하고 건성으로 대답하고 억지로 웃는 표정을 지었다. 그때 비로소 아내의 배 부분이 남들보다 훨씬 불룩하고 걸음걸이가 무척 이상하다는 걸 알아차렸다. 그래도 아내는 아무렇지도 않다는 듯 따라왔다. 미요와 아내, 둘이서만 오는 게 좋았겠다 생각하면서 말없이 발걸음을 서둘렀다. 식물원 입구에서 곧장 비탈길을 올라 왼쪽으로 돌았다. 따뜻한 햇살이 넓은 식물원에 가득했고, 꽃도 녹음도 없는 땅은 마치 잠들어 있는 듯 했다. 하얗게 칠을 해서 반짝반짝 빛나는 온실 앞에서 두세 명이 팔짱을 끼고 창문 안쪽을 들여다보는 모습만 보일 뿐이었다. 분수도 나오지 않았고 수련도 아직 차가운 진흙 바닥에서 한여름의 구름 그림자를 기다리고 있었다. 온실 안에서 덜그럭덜그럭 나막신 소리를 내며 시골 할머니 네다섯 명이 여우에게 홀린 듯한 표정으로 나왔다. 우리는 이들과 엇갈려서 들어갔다. 활력 넘치는 축축한 열대의 공기가 콧구멍을 통해 뇌로 들이닥쳤다. 야자수나 류큐*의 파초 같은 걸 볼 때마다 좀 더 자라면 지붕을 어떻게 해버릴 것 같다는 생각이 들었는데 그날도 마찬가지였다. 하와이라는 곳에는 폐병이 전혀 없다고 누군가 말했던 게 기억났다. 아내가 짙은 녹색에 붉은 반점이 박힌 풀잎을 만지작거리고 있기에 "이봐, 만지지 마. 독초일지도 몰라."라고 하자 황급히 손을 뗐다. 그러더니 얼굴을 찡그리면서 손끝을 쳐다보다가 살짝 냄새를 맡았다. 양옆으로 군데군데 붉은 꽃이 피어 있고 여유로운 표정의 사람들도 여기저기 보였다. 아내는 왠지 속이 안 좋다고 했는데 안색은 별로 나쁘지 않았다. 갑자기 따뜻한 곳에 들어가서 그런 모양이다. "빨리 밖으로 나가는 게 좋겠어. 조금 둘러보고 나도 나갈게."라고 했더니 아내는 잠시 망설이다가 조용히 나갔다. 빨간 꽃만 보고 바로 나갈 생각이었는데 사람들 사이에 끼이는 바람에 좀 늦어졌다. 간신히 빠져나가 보니 아내가 보이지 않았다. 어디에 있나 둘러보니 맞은편 정자 벤치에 힘없이 기대앉아 이쪽을 쳐다보며 웃고 있었다.

---

* 오키나와의 옛 이름.

식물원은 예전처럼 평온했다. 햇빛이 눈에 보이지 않는 힘으로 땅 위의 모든 활동을 살짝 억누르고 있는 것 같았다. 이제 컨디션이 좋아졌다고 해서 슬슬 돌아가자고 했더니 조금 놀란 듯 내 얼굴을 쳐다보았다. 아내는 모처럼 나왔으니까 연못 쪽으로도 좀 더 가보자고 했고, 나는 그것도 맞는 말이라고 하면서 그쪽으로 향했다.

경사진 길을 내려가는데 아래쪽에서 대학생 두세 명이 카랑카랑한 목소리로 아리스토텔레스가 어떻다는 둥 토론을 벌이며 올라오고 있었다. 연못의 작은 섬에 있는 정자에 서른 정도로 보이는 안경 쓴 고상한 부인 옆에서 세일러복 차림의 남자아이와 어린 여자아이가 놀고 있었다. 남자 아이는 돌멩이를 주워 얼음 위로 굴리며 환호성을 질렀다. 벤치의 구깃구깃한 종이 위에 커다란 카스텔라 조각이 놓여 있었다. "저런 여자아이를 갖고 싶어요." 아내는 뜻밖의 말을 했다.

출구 쪽의 경사진 길을 내려갔다. 아무것도 볼 게 없었다. "어머, 도토리네." 뒤에서 아내가 갑자기 큰 소리로 말하더니 길옆의 낙엽 더미 속으로 들어갔다. 정말로 수많은 도토리가 비탈 아래 언 땅에서 낙엽에 섞여 나뒹굴고 있었다. 아내는 거기에 쪼그리고 앉아 열심히 도토리를 줍기 시작했다. 금방 왼쪽 손이 가득 찼다. 나도 한두 개 주워서 건너편 화장실 지붕 위로 던졌더니 대그락대그락 굴러서 반대편으로 떨어졌다. 아내는 오비에서 손수건을 꺼내 무릎 위에 펼치고 열심히 주워 모았다. "이제 적당히 해, 쓸데없이."라고 했는데도 좀처럼 그만둘 것 같지 않아 화장실로 들어갔다. 다시 밖으로 나왔는데도 여전히 줍고 있었다. "도대체 그렇게 많이 주워서 뭐 하려는 거야?"라고 묻자 "줍는 게 재밌잖아요."라며 웃었다. 손수건 한가득 도토리를 주워서 소중하게 묶는 걸 보고 이제 다 주웠나 싶었는데 이번엔 "당신 손수건도 빌려주세요."라고 했다. 결국 내 손수건에도 도토리 몇 홉을 채우고는 "이제 됐어요. 그만 가요."하고 태평하게 말했다.

도토리를 주우며 즐거워하던 아내는 이제 없다. 무덤의 흙에는 이끼 꽃이 몇 번이나 피었다. 산에는 도토리도 떨어지고 직박구리 우는 소리에 낙엽도 진다. 올해 2월, 아내가 떠나며 남긴 여섯 살 된 딸을 데리고 식물원에 놀러 와 예전처럼 도토리를 주웠다. 이런 사소한 것까지 유전되는 건지 딸아이는 무척 재미있어 했다. 대여섯 개 주울 때마다 숨을 헐떡이며 내 곁으로 뛰어와 모자 안에 펼쳐 놓은 손수건으로 던져 넣었다. 점점 늘어나는 도토리를 들여다보면서 볼을 붉히며 좋아 죽겠다는 표정을 지었다. 이렇게 천진난만한 얼굴 한편에 아내의 옛 모습이 언뜻 스치면서 희미해져가던 옛 기억이 떠올랐다. "아빠! 큰 도토리, 이거, 이거, 이거, 이거, 전부 다 큰 도토리야." 딸아이는 흙투성이가 된 작은 손가락으로 모자 안에 겹겹이 쌓인 도토리의 머리를 하나하나 건드렸다. "큰 도토리, 작은 도토리, 똑똑한 도토리 친구야."라며 엉터리 노래를 부르며 뛰어다니다가 다시 줍기 시작했다. 나는 티없이 맑은 그 얼굴을 옆에서 물끄러미 바라보며 마음속 깊이 생각했다. 세상을 떠난 아내의 장점과 단점, 도토리를 좋아하는 것과 종이학을 잘 접는 것, 모든 게 유전되어도 좋은데 시작과 끝이 비참했던 엄마의 운명만큼은 이 아이에게 물려주고 싶지 않다고.

데라다 도라히코(寺田寅彦, 1878~1935), 물리학자, 수필가

번역 안영신

빨강과 핑크의 세계

가타야마 히로코

농촌에 마을이 생긴 뒤, 전망도 좋고 공기도 깨끗해서 새로운 집들이 계속 들어서고 주민들도 많아졌다. 처음 마을이 생겼을 무렵에는 열 채 정도의 집들이 있었는데, 각각 지붕의 색도 다르고 평수도 달랐다. 하지만 어느 집이나 생울타리를 치고 있었고 마당에는 동백나무나 해당화 그리고 명자나무, 물푸레나무, 산다화 등을 심었다. 문 앞의 길은 항상 깨끗하게 쓸어 놓아 이 주변 일대가 유복한 지식인들이 사는 곳이라는 걸 금세 알 수 있었다. 그중의 한 집에 예순네댓 살의 할머니 한 분이 혼자 살고 있었다. 꽤 오래전부터 여기에 살았는데, 처음에는 남편도 함께 살다가 삼사 년 전에 세상을 떠났고 외아들이 결혼

해서 도심 쪽 가까운 아파트에 살고 있다는 소문을 들었다. 할머니는 가끔 아들 집에 놀러 가서 자고 오기도 하고, 일요일이면 아들 부부가 놀러 오기도 했다. 사람들의 눈에는 할머니가 행복하고 조용하게 사는 것처럼 보였다. 채소 가게나 생선 가게로 장을 보러 나오는 할머니는 여느 젊은 주부 못지않게 생기 있는 모습이었다. 그러던 어느 날 할머니가 갑자기 사라져 버렸다.

이웃 사람들도 처음 사나흘 동안은 모르고 있었다. 옆집에서는 아들 집에 갔을 거라고 생각하고 있었는데, 할머니는 계속 집에 돌아오지 않았다. 창문도, 현관문도 닫힌 채 일주일이 되던 어느 날이었다. 그 집에 할머니의 오래된 친구가 찾아와 옆집 부인하고 이야기를 나눴다. 오랜만에 왔는데 할머니를 만나지 못해 안타까워하면서 아들이 사는 아파트에 가 보겠다며 돌아갔다. 그 바람에 할머니의 부재를 알게 된 아들은 곧바로 친척들이나 지인들에게 연락해 봤지만, 어디 계신지 알 수 없었다. 다들 최근에 할머니를 만나지 못했다고 했다.

할머니의 집은 깨끗하게 정돈되어 있었다. 식기는 선반 위에 놓여 있었고 옷은 반듯하게 개어져 있었다. 어디로 나간다는 메모도 없었다. 결국 경찰의 손을 빌렸다. 그리고 친척들도 예전부터 드나들던 사람들을 총동원해서 도쿄 시내를 돌아다니며 찾아다녔다. 혹시 어딘가에서 뇌출혈로 쓰러져 병원에 있는 건 아닌지, 어쩌면 갑자기 정신이 이상해져 이웃 동네까지 가서 길을 잃은 건 아닌지, 그들은 모든 가능성을 염두에 두고 여기저기 할머니를 찾아다녔지만 결국 찾지 못했다.

한 달 정도 지나 경찰에서 연락이 왔다. 료고쿠의 한 우물에서 죽은 사람을 발견했는데, 옷차림이 비슷하니까 직접 와서 확인해 보라는 것이었다. 아들과 가까운 지인들이 가 봤는데 할머니였다. 할머니는 기모노 차림이었고 오비도 매고 있었다. 집을 나가기 전에 아들로부터 건네받은 1600엔 지폐도 그대로 가지고 있었다. 유언도, 어떤 말도 전혀 없었기 때문에 어떻게 죽었는지 확인할 수 없다고 했다. 장례식도 그 시기에 맞게 적절하게 잘 치렀다. 할머니가 돌아가신 다음, 아들 부부가 그 집으로 옮겨와서 살고 있다. 이 이야기는 2년 전의 일이다.

여자는 나이가 많든 적든 혼자 살면 적적해진다고 이웃 사람들이 수군거렸다. 할머니가 혼자서 살다가 지쳤다는 것이다. 그래서 욕심도 없어지고 소망도 사라진 채 결국 그렇게 죽은 거라고 했다. 아무래도 그것 말고 다른 이유는 찾을 수 없었다. 욕심도 사라지고 아무런 소망도 없다는 건, 몹시 지쳐 있을 때나 굉장히 두려울 때 혹은 뜨거운 목욕물에 들어가 기분 좋을 때 드는 생각이다.

예전에 그 집 앞을 지나가다가 종려나무 가지 그늘 아래의 응접실에서 흘러나오는 피아노 소리가 묘하게 슬프게 들렸던 적이 있었다. 할머니가 이런 예쁜 집에 살지 않고 더 가난하고 궁핍한 생활을 했더라면 과연 죽었을까 하는 생각을 해 봤다. 예를 들면 이번 달에는 이런저런 일로 돈이 필요하고, 부업으로 돈이 얼마 정도 들어온다든지, 물건을 내다 팔면 돈이 조금 생긴다는 식으로 계산하기 시작하면 돈 욕심에 이끌려 그 돈이 들어올 때까지는 죽고 싶은 생각이 들지 않을 것이다. 얼마 안 되는 돈이라도 손에 들어오는 건 기분 좋은 일이다. 편안하게 다른 사람으로부터 그냥 받은 돈은 자신이 고생해서 얻은 돈만큼 기쁘지 않을 것이다. 가난 속에도 어떤 즐거움이 있는데, 그건 행복이라는 글자와 맞아떨어질지도 모른다. 할머니는 그런 가난도 모른 채 세상을 떠나 버렸다.

아주 오래전 내가 학교에 다니던 시절(그때는 가난한 사람들이 많았다), 일주일에 세 번 정도 기숙사에서 식사 준비를 하며 주방일을 도왔다. 그 무렵 하루에 세 번 아침,

점심, 저녁 준비를 하러 아주머님 세 분이 종업원 대신 주방일을 도우러 오셨다. 밥을 짓거나 물을 기르거나 식기를 닦거나 하면서 일을 도와주셨다. 물론 주방일을 하는 부부도 열심히 했지만, 도와주시는 아주머님들 덕분에 무사히 하루의 일을 마무리할 수 있었다. 그들은 올 때마다 각자 나무로 된 작은 반찬통을 가져와서 학생들이 남긴 밥이나 반찬을 넣어 가지고 돌아갔다. 그게 하루 일당인 셈이었다. 그들의 집에는 젊은 부부와 어린아이들이 있었다. 대가족이 충분히 먹고 살기에는 부족한 생활이다. 이렇게 아주머님들이 가지고 돌아가는 세 번의 음식은 일가의 생활에 큰 도움이 되었다. 그분들 모두 아자부주반의 뒷골목에서 기숙사까지 다니고 있었다. 나는 어릴 적 그분들이 행복해 보인다고 생각한 적이 있었다. 실제로 즐겁게 일하고 있는 것처럼 보였다. 젊은 사람들은 이해하지 못하겠지만 젊지 않은 나이에 할 수 있는 일이 있다는 건 더할 나위 없는 행복이다.

죽은 할머니는 일할 필요가 없었겠지만, 만약 아주 쉽고 간단한 일이라도 하셨다면 어땠을까?

얼마 전 어느 할아버지가 자신의 젊은 시절 이야기를 들려주셨다. 열 여덟아홉 살 무렵, 라무네*를 배달하던 이야기였는데 새로운 라무네를 배달하고 빈 병을 수거해서 오는 일을 하셨다고 했다. 우유 배달과 비슷했는데 일반 가정집이 아니라 막과자 가게나 빙수 가게에 꽤 많은 양을 도매상에서 배달하는 일이었다. 소년이었던 할아버지는 매일 저녁 사메가하시의 길을 지나갔다. 도쿄의 가난한 동네로 유명한 사메가하시는 몹시 어수선하고 번잡한 곳이었다. 다리 옆에 꽤 큰 술집이 있었는데(할아버지는 그 집이 지금도 있을 거라고 말했다), 저녁이 되면 일본 된장을 '1전, 2전, 3전' 하며 대나무 껍질로 싸서 가게 앞 매대 위에 진열해 놓는다. 그 시절 사메가하시의 주민들은 직공이든 인부든 다들 하루 일당을 받아 집으로 돌아오곤 했다. 그리고 그 가게 앞에서 하루 품삯 중 1전 혹은 2전을 주고 된장을 사서 집으로 돌아간다. 3전 이상은 무게를 재서 포장해 주는데, 하루 분량의 된장을 사는 데 3전 이상은 필요 없던 시절이었다. 요즘 상점에는 10엔, 20엔, 30엔짜리 땅콩 봉지나 건어물 봉지가 진열되어 있는데, 그 시절의 1전, 2전, 3전에서 시작한 거라고 할아버지는 말씀하셨다. 만담에 자주 등장하는 쪽방에 사는 사

---

* 탄산 레모네이드.

람들과 집주인 영감의 조합도 생각난다. 사메가하시의 삶에서도 가난이란 게 그 나름대로 밝고 행복했을 거라는 생각을 해봤다. 그들은 가난이 다른 누군가 때문이 아니라, 자신의 운명이라고 생각하면서 화를 내거나 하지 않고 편안하게 받아들이고 있었다. 나는 그게 부럽다기보다 그 시절이 그리웠다.

　이런 잠꼬대 같은 내 생각을 듣더니 어떤 사람이 이렇게 말했다.

　"당신은 진짜 가난을 모르니까, 그런 꿈같은 소릴 하는 겁니다. 적빈여세(赤貧如洗)의 '적빈'이란 말의 진정한 의미를 알고 있나요? 쌀도 없고 반찬도 없고 국도 없고 숯도 없는 것은 물론 지폐 한 장 없는 걸 말합니다. 그리고 내다 팔 기모노 하나 없는 거죠. 전기료도 못 내서 밤에 잘 때 어두운 곳에서 잠을 자야하고, 여름에 모기장도 없습니다. 병이 나도 약을 살 수 없는, 아주 없는 것 투성이의 생활을 '적빈'이라고 말하는 거예요. 그런 생활을 하는 사람들은 농담이라도 가난이 즐겁다고 생각할 리가 없습니다."

그 말이 맞는 말이다. 나는 '적빈'의 경지와는 조금 거리가 있는 '가난'에 대해 알고 있다고 할 수 있다. 잡지를 사고 싶어도 다음 달까지 한 권도 살 수 없는 가난. 여러 사람한테 신세를 졌지만 그들에게 줄 선물도 살 수 없는 가난. 흰 쌀밥이 먹고 싶지만 수입쌀로 그럭저럭 때워야 하는 가난. 마당의 동백꽃이 죽어 가도 이번 달에는 꽃집에 갈 여유가 없는 가난. 이런 생활은 아마 '적빈'의 적색이 아니라 핑크색 정도의 가난일 것이다. 이런 핑크의 세계에 사는 것도 물론 굉장히 힘들지만, 가난 때문에 죽고 싶다는 생각은 들지 않는다. 나는 이런저런 생각할 여유가 없는 사람이라서 주머니에 얼마간 돈이 있으면 그 돈이 있는 동안은 아마 살아 나갈 것이다. '적빈'이라면 땅에 내던져진 연못의 잉어처럼 죽음 외에는 살아갈 다른 방법이 없는 삶이다.

'죽는다는 게 나쁘진 않지, 사람이 너무 많으니까. 하지만 살아 있는 것도 나쁘지 않아, 살아 있는 걸 즐기고 있다면야.'

가타야마 히로코(片山広子, 1878~1957), 시인, 수필가

번역 박은정

다자이 오사무와 보낸 하루

도요시마 요시오

1948년 4월 25일, 일요일 오후의 일이다. 전화가 왔다.

"다자이입니다만, 지금 잠깐 찾아봬도 될까요?"

목소리의 주인은 다자이 본인이 아니라 삿짱이었다. 삿짱은 우리가 부르는 별명이고 본명은 야마사키 도미에이다.

일요일에 우리 집에 손님이 오는 일은 거의 없다. 다자이와 여유롭게 시간을 보낼 수 있겠다고 생각했다.

곧 두 사람이 나타났다. 생각해 보니 다자이는 미타카에 있고, 나는 혼고에 있으니 시간을 따져보면 오차노미즈 근방에서 전화한 모양이다. 찾아와도 되겠냐는 건 일단 예의상 물어본 걸 테고, 사실은 내 부재를 확인하려 한 걸 거다.

"오늘 푸념 좀 하러 왔습니다. 넋두리 좀 들어 주세요."
라고 다자이가 말했다.

그가 그런 말을 하는 건 처음이다. 아니, 그는 좀체 그런 말을 하는 남자가 아니다. 성격상 그는 어떤 고민이 있든 남 앞에서는 쾌활한 척한다.

나는 그에게 하는 일은 잘 되어 가냐고 물었다. 절반 정도는 완성된 모양이다. 그는 그 무렵 《전망》에 『인간 실격』을 연재하기 시작했다. 지쿠마 서적의 후루타 씨의 지원을 받아 아타미에 가서 전반부를 쓰고 오미야에 가서 후반부를 썼는데, 전반부를 쓰고 돌아온 후 나한테 온 거였다. 나는 나중에 『인간 실격』을 읽고 거기서 엿보이는 어두운 그림자에 마음이 아렸다. 그 어두운 그림자가 그의 마음 깊이 드리워져 있었을 것이다.

그러나 푸념을 하러 왔다더니 얼굴 본 걸로 충분했는지 불평 같은 건 전혀 꺼내지도 않았다. 바로 술자리가 시작되었다.

소수의 예외가 있기는 해도 우리같이 문학을 하는 사람들은 대부분 술을 잘 마신다. 문학은 자신과 자신의 몸을 깎아서 하는 작업이 많아서 도저히 견딜 수 없기 때문에 술을 마시는 거다. 또는 머릿속과 마음속에 더러운 찌꺼기가 쌓여 있어서 그것을 씻어 내기 위해 술을 마시는 거다. 다자이도 그랬다. 게다가 다자이는 제멋대로 자유분방하게 생활하는 것처럼 보여도 한편으로는 심하게 위악적이고 부끄러움을 많이 탔다. 입을 열면 대화를 하는 게 아니라 솔직한 심정을 마구 털어놓다가 갑자기 민망해한다. 그리고 그 민망함을 감추려고 술을 마신다. 술에 취한 상태가 아니면 사람들과 얘기도 잘 못 한다. 그런 점에서 그는 이중으로 술을 마신다고 할 수 있다. 그와 만날 때 술이 없으면 나 역시 편치 않았다.

마침 나에게 술이 조금 있긴 했지만, 우리 집 근처에서는 일반 판매용 술이 품절되어서 구하기가 힘들었다. 다자이는 삿짱에게 귓속말로 어디론가 전화를 걸게 했다.

일요일이라 어떨까 싶었지만, 그리 멀지 않은 곳에 우리가 잘 아는 지쿠마 서적과 야쿠모 서적이 있다.

"여보세요. 저, 삿짱······." 그렇게 스스로 삿짱이라고 이름을 밝힌다. "다자이 씨가 도요시마 씨 댁에 와있는데 술이 좀 있냐고 하시네요. 값은 원고료에서 제하시래요."

양쪽 다 숙직이 있었다. 야쿠모에서 고급 위스키 한 병을 보냈다. 밤이 되자 지쿠마의 우스이 씨가 고급 위스키

한 병을 들고 왔다.

원래 다자이는 남에게 사 주는 걸 좋아하고 남들에게 받는 걸 싫어했다. 유복한 집안 출신의 타고난 성품일지 모른다. 이런 성품이었으니 본가와 거의 의절한 상태에서 원고도 아직 안 팔려 곤궁하게 방황하던 시절에는 굴욕을 느낀 적도 있을 것이다.

내가 다자이와 알고 지내게 된 건 최근인데 우리 집에 와도 그는 언제나 자기가 대접을 하려고 했다. 가난한 나에게 폐를 끼치지 않으려는 배려도 있었을 거고, 연장자인 나에게 예의를 갖추려는 마음도 있었을 것이다. 그가 마음 놓고 신세를 진 건 아마 사후에도 도움을 받게 된 세 회사, 신초와 지쿠마, 야쿠모 정도일 거다.

그날도 다자이는 술을 모아 주었다. 그뿐 아니라 삿짱에게 다양한 음식을 사 오게 했다. 우리 집에 함께 살고 있었던 출가한 딸이 당시 병이 나서 누워 있다는 얘길 듣고 버터랑 통조림류를 병문안 겸해서 사 오게 하기도 했다.

재밌는 건 닭 요리다. 꽤 오래전에 다자이가 왔을 때 내가 그의 앞에서 직접 닭 요리를 한 적이 있다. 그런데 그 닭이 이상하게도 암탉인지 수탉인지 구분이 안 가서 자궁도 고환도 적출을 못 해 다들 엄청나게 웃었던 적이 있다. 다자이는 이런 피비린내 나는 장면을 싫어할 줄 알았는데 의외로 관심을 보였다. 그 후 다른 데서 직접 칼을 드는 바람에 주변을 온통 피투성이로 만들었다고 한다. 나는 그 얘기도 들은 데다 이전의 실패를 만회하고자 하는 마음에 식탁 위에서 닭 한 마리를 솜씨 좋게 해체해 보였다. 그런데 그 닭 속에서 아직 껍질이 말랑말랑하고 커다란 산란 직전의 알 하나가 나와서 다자이와 나는 조금 당황했다.

술자리에서 문학 얘기를 하는 건 다자이도 나도 싫어했다. 정치적인 시사 문제 같은 것도 재미없다. 천지와 자연, 산천초목에 대한 것이 주된 얘깃거리다. 전에 다자이와 주변을 산책하다 참새 둥지가 있던 은행나무 근처를 지난 적이 있다. 지금 그곳에는 전쟁의 흔적만 남아 있지만, 예전에는 그 나무에 수백 수천 마리의 참새가 무리를 지어 지저귀는 바람에 주변 사람들은 새벽부터 잠이 깼다고 한다. 내가 그 은행나무가 다섯 그루 늘어서 있다고 말하자 다자이가 세 그루밖에 안 보인다고 했다. 그러고 보니 정말 세 그루인 것 같다.

"도요시마 씨 너무 대충 아녜요. 다섯 그루라더니 뭐

야. 세 그루 밖에 없구만."이라며 다자이가 크게 웃는다. 취하면 그게 그의 입버릇이 되었다. 암수를 알 수 없는 닭 얘기도 취하면 나오는 그의 입버릇이다. 그런 얘기로 그 날도 많이 웃었다. 마음속에 고뇌가 쌓일수록 그런 쓸데 없는 얘기로 웃고 떠드는 거였다.

밤이 되자 우스이 씨까지 가세해 꽤나 소란스러워졌 다. 나는 이미 상당히 취해서 무슨 말을 했는지 별로 기억 에 없다. 다만 내 술버릇이 눈앞에 있는 사람을 욕하면서 그걸 안주로 삼는 일이 많은데, 어쩌면 우스이 씨에게 실 례가 되는 말을 했을지도 모른다. 우스이 씨는 술을 마시 기는 하지만 별로 취하지 않는다. 딱 알맞게 마시고 돌아 갔다.

다자이도 나도 상당히 취했다. 다자이는 비타민 B1 주 사를 맞았다. 여러 번 각혈을 한 데다 체력도 많이 약해져 서 항상 비타민제를 먹거나 주사를 맞았다. 주사를 놓는 건 삿짱의 일이었다. 용감하게 재빨리 해치운다. 앰플 안 에 든 비타민 B1은 변질을 막기 위해 산성화되어 있었는 데 그게 상당히 아픈 모양이다. 삿짱이 주사를 놓으면 다 자이는 아프다며 얼굴을 찌푸렸다.

"내가 해 볼게. 안 아프게 놓는 법을 보여 주지."

주삿바늘을 꽂고 아주 천천히 약물을 주입한다.

"어때, 안 아프지?"

"음."

다자이가 끄덕인다.

약물이 다 들어갔을 즈음 갑자기 세게 밀어 넣었다.

"치, 아프잖아."

그리고 폭소를 터뜨린다.

샷짱이 주사는 과감하게 놓지만, 다른 일에서는 항상 다자이를 극진하게 섬긴다. 다자이가 아무리 제멋대로 굴고 무슨 일을 시켜도 말대답 한마디 하지 않는다. 모두 시키는 대로 움직인다. 그뿐 아니라 적극적으로 세심하게 신경을 써서 신변의 일을 돌본다. 만약 문틈으로 바람이 들어온다면 그 바람조차도 다자이에게 닿지 않게 하려고 할 것이다. 그야말로 완벽한 헌신이다. 집 밖에서 일하는 습관이 있는 다자이에게 샷짱은 가장 완벽한 시녀이며 간호사였다. 집안일은 미치코 부인이 완벽하게 맡았다. 다자이는 그냥 일만 하면 되는 거였다.

다자이와 샷짱과의 사이에서 우리는 애욕적인 그림자를 조금도 못 느꼈다. 오히려 두 사람 사이에서 어떤 청결함조차 느껴졌다. 이 느낌이 잘못됐다고 생각하지 않는다. 그래서 나는 아무렇지 않게 두 사람을 같은 방에서 지내게 했다. 그날 밤도 그렇게 했다.

다음 날 아침, 삿짱에게 모든 일을 지시한 다자이가 드물게 혼자서 집을 나섰다. 한참을 지나 꽃 한 다발을 가지고 돌아왔다. 튼실한 줄기에 흰 꽃송이가 여럿 달린 꽃 속에 빨갛고 아름다운 작약 두 송이가 섞여 있었다.

"어때, 이건 나만 알 수 있는데, 도요시마 씨 따님을 닮았지?"

삿짱을 돌아보며 다자이가 말했다. 쑥스러움을 감추려는 것이다. 이것만은 자기가 사 오고 싶었던 거다. 그리고 그걸 딸에게 주라며 내밀었다.

우리는 남은 위스키를 마시기 시작했다. 여자는 하녀 한 명뿐이라 삿짱이 일어나서 움직였다. 거기에 야쿠모에서 가메시마 씨가 오고, 지쿠마의 우스이 씨도 다시 들렀다. 잠시 후 다자이는 모두의 배웅을 받으며 돌아갔다. 양복에다 무거워 보이는 군화, 건강해 보이기는 하지만 뒷모습에서 무언가 피로감이 느껴졌다. 피로보다도 우울한 그림자가 보였다.

그 후로 나는 다자이를 만나지 못했다. 다시 만난 건 그의 시신이었다. 죽음은 그에게 일종의 여행이었을 거다.

그 여행에 삿짱이 마지막까지 같이 있어 준 걸 나는 기쁘게 생각한다.

도요시마 요시오(豊島与志雄, 1890~1955), 소설가, 번역가

번역 서 홍

동생의 일기장

에도가와 란포

    동생이 떠나고 일주일째 되는 밤이었습니다. 나는 죽은 동생의 서재에 들어가 그가 남긴 것들을 꺼내 보며 혼자 생각에 잠겨 있었습니다.

    아직 밤도 깊지 않았는데 온 집안은 슬픔에 젖어 고요했습니다. 거기다가 무슨 신파극처럼 멀리서 행상인의 소리가 서글프게 울려 퍼지고 있었습니다. 나는 오랫동안 잊고 있던 순수하면서도 애절한 마음으로 거기 있던 동생의 일기장을 무심코 펼쳤습니다.

    일기장을 보며 어쩌면 사랑도 못 해 보고 이 세상을 떠났을 스무 살의 동생이 가여워서 견딜 수가 없었습니다.

    내성적이고 친구도 적었던 동생은 서재에 틀어박혀

있는 시간이 많았습니다. 가는 펜으로 꼼꼼하게 쓴 일기장만 봐도 그런 그의 성품을 충분히 짐작할 수 있었습니다. 거기에는 인생에 대한 의심이나 신앙에 관한 번뇌 같은, 그 나이에는 누구나 경험하는 이른바 청춘의 고민이 유치하지만 진지하게 적혀 있었습니다.

나 자신의 과거를 바라보는 듯한 심정으로 한 장 한 장 페이지를 넘겼습니다. 모든 페이지마다 문장의 깊은 곳에서 비둘기처럼 겁에 질린 동생의 눈이 물끄러미 내 쪽을 바라보고 있는 겁니다.

감상에 젖어 3월 9일까지 읽었을 때 나도 모르게 "앗!" 소리칠 만큼 눈길을 끄는 문장이 있었습니다. 순결한 그 일기 안에서 처음으로 화사한 여자 이름이 불쑥 튀어나온 겁니다. '발신란'에 적힌 '기타가와 유키에(엽서)'라는 이름. 유키에 씨는 나도 잘 아는 먼 친척뻘인 젊고 아름다운 여성이었습니다.

'동생은 유키에 씨를 사랑하고 있었을지도 모른다' 문득 그런 생각이 들었습니다. 풋풋한 전율 같은 걸 느끼면서 이어서 읽어 보았지만, 나의 흥분된 예측과는 달리 일기 내용에는 유키에 씨가 전혀 등장하지 않는 겁니다. 다만, 그다음 날 수신란에 '기타가와 유키에(엽서)'라고 적혀 있는 것을 시작으로 며칠의 간격을 두고 수신란과 발신란 양쪽에 유키에 씨의 이름이 적혀 있을 뿐이었습니다. 그것도 발신 쪽은 3월 9일부터 5월 21일까지, 수신 쪽도 같은 시기에 시작해 5월 17일까지, 양쪽 모두 석 달이 조금 안 되는 짧은 기간 이어졌을 뿐입니다. 그 이후로는 동생의 병상 생활이 이어졌고, 더 이상 펜을 들 수 없게 된 10월 중순의 거의 마지막 페이지에서조차 유키에 씨의 이름이 한 번도 나오지 않았습니다.

동생 쪽에서는 여덟 번, 유키에 씨 쪽에서는 열 번의 편지가 오갔을 뿐입니다. 게다가 동생 것에도 유키에 씨의 것에도 모두 '엽서'라고 기록되어 있는 걸 보면 다른 사람이 보면 안 되는 내용이 있었을 것 같지는 않습니다. 또 일기장 전체의 분위기로 추측해 봐도 사실은 그 이상의 일들이 있었지만, 그가 일부러 쓰지 않은 것 같지도 않았습니다.

저는 안심한 건지 실망한 건지 알 수 없는 기분으로 일기장을 덮었습니다. 그리고 동생은 역시 사랑도 해 보지 못하고 세상을 떠났을 것이라는 쓸쓸한 기분이 들었습니다.

무심코 눈을 들어 책상 위를 보다가 동생이 즐겨 쓰던

작은 상자를 발견했습니다. 생전에 가장 소중한 물건들을 넣어 두었던 그 고풍스런 상자 안에 나의 쓸쓸한 마음을 달래 줄 무언가가 숨겨져 있는 건 아닐까 하는 호기심에서 상자를 열어 보았습니다.

그 안에는 이 이야기와 상관없는 온갖 서류가 들어 있었습니다. 그런데 그 가장 밑바닥에서 아주 소중하게 흰 종이로 싼 열한 장의 그림엽서가 나온 겁니다. 그건 유키에 씨로부터 온 거였습니다. 애인이 보낸 게 아니라면 누가 이렇게 소중하게 상자 밑바닥에 감춰 두겠습니까? 아아, 역시 그랬구나.

갑자기 심장이 두근거리기 시작했습니다. 나는 열한 장의 그림엽서를 한 장 한 장 살펴보았습니다. 뭔지 모를 감정 때문에 엽서를 든 내 손은 부자연스럽게 떨리기까지 했습니다.

하지만 어찌 된 걸까요? 그 엽서의 어느 문구, 어느 행간에서도 연애편지 같은 느낌은 전혀 찾을 수가 없었습니다.

동생은 겁쟁이 기질 때문에 마음조차 털어놓지 못한 걸까요? 그저 그리운 사람에게서 온 아무 의미도 없는 이 그림엽서를 무슨 부적처럼 소중히 보관하며 가엾게도 그걸로 위안을 삼았던 걸까요? 그리고 결국 응답받지 못한 채 이 세상을 떠나 버린 걸까요?

앞에 놓인 유키에 씨의 그림엽서를 보며 온갖 생각에 잠겼습니다. 그런데 마침내 알아차렸습니다. 동생의 일기에는 유키에 씨에게서 받은 엽서가 열 번 밖에 기록되어 있지 않은데(그건 아까 세어 봐서 기억하고 있습니다) 지금 여기에는 열한 통의 그림엽서가 있는 게 아닙니까? 마지막 엽서의 날짜는 5월 25일입니다. 확실히 그날의 일기에는 수신란에 유키에 씨의 이름이 없었습니다. 그래서 저는 다시 일기장을 펴고 5월 25일을 보지 않을 수 없었습니다.

저는 엄청난 사실을 놓쳤다는 걸 깨달았습니다. 그날의 수신란은 공백인 채였지만 일기장 속에 다음과 같은 문장이 쓰여 있는 게 아닙니까?

'마지막 편지에 Y가 그림엽서를 보내왔다. 실망. 나는 너무 겁쟁이다. 이제는 돌이킬 수도 없다. 아아.'

Y는 유키에 씨의 이니셜이 틀림없습니다. 그녀 말고 또 다른 Y가 있을 리 없습니다. 그러나 이 문구는 도대체

무슨 의미일까요. 일기대로라면 그는 유키에 씨에게 오직 엽서만 보냈습니다. 설마 엽서에 사랑 고백 같은 걸 썼을 리도 없습니다. 그럼 이 일기에는 쓰여 있지 않은 편지(그게 이른바 마지막 편지일지 모릅니다)를 보낸 적이라도 있다는 걸까요. 그리고 그것에 대한 답으로 이 무의미한 그림엽서가 오기라도 했다는 걸까요? 그 후로 동생도 유키에 씨도 연락을 끊은 것을 보면 그런 것 같기도 합니다.

하지만 유키에 씨의 마지막 엽서가 거절의 의미로 읽히더라도 이건 좀 이상합니다. 왜냐하면 거기에는(이미 그때부터 동생은 병상에 있었습니다) 동생의 몸 상태를 걱정하는 내용만이 아름다운 필체로 쓰여 있었으니까요. 그리고 또 그렇게 꼼꼼하게 발신과 수신을 기록한 동생이 여덟 통의 엽서 외에 편지를 보냈다면 그걸 기록해 놓지 않았을 리 없습니다. 그럼 이 실망 운운하는 문구는 대체 무슨 의미일까요? 그런 식으로 생각해 보면 거기에는 아무래도 앞뒤가 맞지 않는 점이, 표면에 드러난 사실만으로는 해석할 수 없는 비밀이 있는 것 같았습니다.

이건 동생이 남기고 간 하나의 수수께끼라고 여기고 그냥 모른 척했어야 할지도 모릅니다. 그러나 무슨 인과응보인지 저는 조금이라도 의심스러운 게 있으면 마치 탐정이 범인의 뒤를 쫓듯이 끝까지 그 진상을 파악하지 않고는 못 견디는 성격입니다. 게다가 이 경우는 수수께끼를 풀 당사자가 이 세상에 없을 뿐 아니라 그 일의 진위는 제 자신의 신상과도 큰 관계가 있었던 터라 탐정 기질이 한층 강하게 작동했던 겁니다.

저는 동생의 죽음을 잊기라도 한 듯 오로지 수수께끼를 푸는 데 몰두했습니다. 일기도 반복해 읽어 보았습니다. 동생의 다른 글들도 남김없이 찾아내 살펴보았습니다. 그러나 사랑의 기록 같은 건 발견할 수 없었습니다. 생각해 보면 동생은 심하게 수줍음을 타는 데다 너무나도 조심성이 많아서 아무리 찾아도 그런 게 남아 있을 리 없습니다.

하지만 저는 날이 밝아 오는 것도 잊고 도저히 풀 수 없을 것 같은 수수께끼를 푸는 데 집중했습니다. 긴 시간이었습니다.

마침내 온갖 쓸데없는 수고를 한 끝에 문득 동생이 엽서를 보낸 날짜가 의심스럽다는 생각이 들었습니다. 일기의 기록에 따르면 그건 다음과 같은 순서입니다.

3월......9일, 12일, 15일, 22일

4월......5일, 25일

5월......15일, 21일

이 날짜는 사랑에 빠진 사람의 심리와는 어긋난 게 아닐까요? 비록 연애편지가 아니더라도 사랑하는 사람에게 보내는 소식이 갈수록 뜸해지는 건 어쩐지 이상하지 않은가요? 이것을 유키에 씨로부터 온 엽서의 날짜와 대조해 보니 이상한 부분이 더욱더 눈에 띕니다.

3월......10일, 13일, 17일, 23일

4월......6일, 14일, 18일, 26일

5월......3일, 17일, 25일

이걸 보면 유키에 씨는 동생의 엽서에(그것들은 모두 아무 의미도 없는 편지였습니다만) 각각 답장을 보내는 것 말고도 4월에 14일, 18일, 5월에 3일, 적어도 이 세 번만은 그녀 쪽에서 적극적으로 편지를 보냈는데 만약 동생이 그녀를 사랑하고 있었다면 왜 이 세 번의 편지에는 답장을 하지 않은 걸까요? 그건 그 일기장의 글로 추측해 보면 너무 부자연스러운 게 아닐까요? 일기에 의하면 당시 동생은 여행을 했던 것도 아니고 펜을 들 수 없을 정도로 병이 심했던 것도 아닙니다. 그리고 하나 더, 유키에 씨의 편지가 별 의미가 없다고는 해도 젊은 남자에게 이렇게 자주 편지를 보낸다는 건 이상하다고 생각하면 이상한 일입니다. 그런데 그게 양쪽이 서로 말을 맞춘 듯 5월 25일 이후에는 연락이 뚝 끊어진 건 대체 무슨 이유일까요?

그렇게 생각하니 동생이 엽서를 보낸 날짜에 무언가 의미가 있을 것 같았습니다. 어쩌면 그는 암호로 연애편지를 쓴 게 아닐지. 그리고 이 엽서의 날짜가 그 암호문이 아닐지. 이건 비밀을 좋아하는 동생의 성격으로 봐도 전혀 근거가 없는 이야기도 아닙니다.

그래서 저는 날짜의 숫자가 '가나다'인지 '아야어여'인지 'ABC'인지 어떤 문자의 순서를 나타내는 건 아닌지 일일이 살펴봤습니다. 다행인지 아닌지 저는 암호 해독에 대해 어느 정도 경험이 있었습니다.

그러자 어땠는지 아시겠어요? 3월 9일은 알파벳의 9번째인 I, 마찬가지로 12일은 12번째인 L, 그런 식으로 맞춰 보니 이 여덟 개의 날짜는 'I LOVE YOU'라고 해독할 수 있는 게 아닙니까? 아, 이 무슨 어린애 같은, 세상에 너무도 자기 절제가 강한 연애편지였던 겁니다. 그는 이 '당신을 사랑합니다'라는 단 한마디를 전하기 위해 3개월이라는 시간을 보낸 겁니다. 정말 거짓말 같은 이야기입니다. 하지만 동생의 이런 특이한 성격을 알고 있던 저에게 이건 우연한 부호로 여겨지지 않았던 겁니다.

이렇게 추측해 보면 모든 게 명백해집니다. '실망'이라는 말의 의미도 이해할 수 있습니다. 그가 마지막 U자에 해당하는 엽서를 보낸 것에 대해 유키에 씨는 언제나처럼 무의미한 엽서로 복수한 겁니다. 더구나 그 시기는 동생이 의사로부터 무서운 병을 선고받은 때였습니다. 가엾게도 그는 거듭된 상처로 인해 더 이상 연애편지를 쓸 수 없었던 거겠지요. 그리고 아무에게도 털어놓을 수 없었던, 비록 고백은 했지만, 당사자인 연인과도 마음이 통하지 않은 안타까움을 품은 채 죽어 간 겁니다.

저는 말로 표현할 수 없는 기분으로 멍하니 그 자리에 앉아 있었습니다. 그리고 앞에 놓여 있는, 동생이 상자 속 깊이 숨겨 둔 유키에 씨로부터 온 엽서들을 그저 물끄러미 바라보았습니다.

그러자 아아, 이건 또 무슨 상상도 못 한 일인가요. 변변치 않은 호기심이여, 저주받아라. 차라리 몰랐더라면 얼마나 좋았을까요. 유키에 씨의 그림엽서 표지에는 예쁜 글씨로 쓰인 동생의 이름 옆에 하나같이 우표가 비스듬히 붙어 있는 게 아닙니까. 일부러 그런 게 아니라면 불가능할 정도로 단정하고 깔끔하게 비스듬히 붙어 있는 겁니다. 그건 결코 우연한 실수가 아닌 겁니다.

아주 예전에 제가 아마 초등학교에 다닐 때였을 겁니다. 이미 그 무렵부터 전 호기심이 많았던 모양입니다. 어떤 문학 잡지에 우표 붙이는 방식으로 비밀통신을 하는 방법이 쓰여 있었던 걸 똑똑히 기억하고 있었습니다. 그 중에도 특히 사랑을 나타내려면 우표를 비스듬히 붙이면 된다는 걸 읽고서 한 번 시도해 본 적이 있을 정도이니 결코 잊을 수 없었습니다. 이 방법은 당시 청춘 남녀에게 큰 인기가 있었고 상당히 유행했습니다. 그런 낡은 시대의 유행을 젊은 여자가 알고 있을 리가 없습니다. 그런데 유키에 씨와 동생의 편지 교환이 시작되었을 바로 그 무렵, 우노 고지의 「두 명의 아오키 아이자부로」라는 소설이 나왔는데 그 안에 이 방법이 자세히 적혀 있었던 겁니다. 당시 상당히 화제가 됐었으니까 동생도 유키에 씨도 그걸 알고 있었을 겁니다.

그럼 동생은 그 방법을 알고 있으면서 유키에 씨가 세 달이나 같은 걸 반복하다 결국 실망해 버릴 때까지 그녀의 마음을 깨닫지 못한 건 어떤 이유 때문일까요? 그건 저도 모르겠습니다. 혹은 잊어버렸었는지도 모르죠. 아니면 우표가 어떻게 붙어 있는지 눈치 채지 못할 정도로 들떠 있었을지도 모릅니다. 어찌 되었든 '실망'이라고 쓰여 있는 걸 보면 그가 그걸 눈치 채지 못했던 건 확실합니다.

그렇더라도 지금 세상에 이렇게 예스러운 사랑이 있을까요? 만약 내 추론이 잘못된 게 아니라면 그들은 서로를 사랑하고 고백도 했지만, 둘 다 상대의 마음을 알아차리지 못한 채 한 사람은 마음의 상처를 입고 이 세상을 떠나고, 한 사람은 슬픈 실연의 상처를 안고 긴 생애를 살아야 한다는 얘기가 됩니다.

그건 너무나도 겁쟁이 같은 사랑이었습니다. 유키에 씨는 아직 어린 처녀였으니 그럴 만도 했지만 동생을 생각하면 겁쟁이라기보다 오히려 비겁함에 가깝습니다. 그렇다고 해서 저는 이 세상에 없는 동생을 비난할 마음은 조금도 없습니다. 오히려 저는 그 특이한 성격이 너무나도 안쓰럽습니다.

부끄러움을 많이 타고 겁쟁이에다 그러면서도 자존심이 강했던 그는 사랑에조차 거절당했을 때의 부끄러움을 먼저 떠올렸을 게 틀림없습니다. 그건 동생 같은 기질의 남자에게는 일반 사람들은 도저히 상상도 할 수 없을 정도로 심한 고통입니다. 저는 형이라서 그걸 잘 압니다.

그가 이 거절의 부끄러움을 피하기 위해 얼마나 고심

했을지 알 것 같습니다. '고백하고 싶다. 하지만 고백했다가 거절당하면 그 부끄러움, 어색함, 그건 상대가 이 세상에 살아 있는 동안 언제까지나 계속된다. 만약 거절당했을 경우 그건 연애편지가 아니었다고 하면서 빠져나갈 방법이 없을까'라고 그는 그렇게 생각했을 게 틀림없습니다.

아주 옛날 궁궐에서 일하는 사람들은 어느 쪽의 의미로도 읽힐 수 있는 '사랑 노래'라는 기막힌 방법으로 거절당한 고통을 완화시키려고 했습니다. 이 경우가 딱 그겁니다. 다만 그는 평소 애독하는 탐정소설에서 읽은 암호통신으로 그 목적을 이루려고 했지만, 불행하게도 그가 너무 용의주도했기 때문에 이렇게 난해한 게 되어 버린 겁니다.

그렇더라도 그는 자신의 암호를 생각해 낼 정도의 치밀함에 어울리지 않게 상대의 암호를 푸는 데는 어째서 이렇게도 둔감했던 걸까요? 자아도취한 나머지 말도 안 되는 실패를 하는 예는 세상에 흔히 있는 일이지만 이건 반대로 너무 자신이 없었기 때문에 일어난 비극입니다. 얼마나 안타까운 일인지요.

아아, 저는 동생의 일기장을 열어 본 덕분에 돌이킬 수 없는 사실과 맞닥뜨리고 만 겁니다. 그때 저의 기분을 어떤 말로 표현할 수 있을까요? 젊은 두 사람의 가엾은 실패를 그저 가슴 아파하기만 해도 됐다면 그나마 나았을 겁니다. 그러나 저에겐 또 하나의 이기적인 감정이 있었습니다. 그리고 그 감정이 제 마음을 미칠 정도로 휘저었습니다.

저는 뜨거워진 머리를 식히기 위해 실내화를 신은 채 비틀거리며 차가운 겨울바람이 부는 어두운 뜰로 나갔습니다. 그리고 어지러워진 마음 그대로 나무 사이를 빙글빙글 끝없이 맴돌았습니다.

동생이 죽기 두 달 전에 정해진 저와 유키에 씨와의 되돌릴 수도 없는 약혼을 생각하면서.

에도가와 란포(江戸川乱歩, 1894~1965), 추리 소설가

번역 서 홍

이치고교의 모자

하기와라 사쿠타로

청년 시절에는 누구나 별거 아닌 일에 정열을 쏟기 마련이다.

지방에 있는 고등학교에 다니던 나는 매년 초여름만 되면 항상 어떤 열정에 사로잡혔다. 진짜 별거 아닌 일인데....... 그건 좋아하는 여름 모자를 써 보고 싶다는 열망이었다. 파나마 모자도 아니고 토스카나 모자도 아닌, 적갈색 끈 장식이 있는 이치고교*의 여름용 모자를 말이다.

어째서 그 학생 모자가 그렇게 좋았던 건지, 나도 잘 모

---

* 도쿄대학 교양학부의 전신.

르겠다. 아마 그 무렵 애독하던 모리 오가이 씨의 『청년』이랑 나쓰메 소세키 씨의 소설 때문인 것 같다. 나는 소설 속 인물에서 이치고의 학생들을 떠올렸고, 그들의 이미지가 초여름의 우에노 숲을 산책하는 이치고 학생들의 여름 모자에 투영되었던 모양이다.

아무튼 난 그 적갈색 끈 장식이 있는 학생 모자를 떠올리기만 해도 독일의 희곡 알트 하이델베르크가 연상되고 푸른 나뭇잎을 흔드는 바닷바람이 그리워지기도 했다.

그 무렵 내가 다니던 지방 고등학교에서는 이치고와 비슷하게 진홍색 띠에 두 줄의 흰색 선이 들어간 모자를 교모로 정했었다. 난 그게 싫어서 흰 선에다 붉은 잉크를 칠하거나 진홍색 부분에 자주색 물감을 발라서 이치고의 모자처럼 만들려고 했다. 그런데 더 이상 모자에 대한 열정을 억누를 수 없게 된 나는 결국 여름 방학에 도쿄로 가서 혼고*의 모자 가게에서 이치고의 교모를 사고 말았다.

그러나 그걸 사고 나서는 나 자신이 한심해서 후회도 했다. 그런 걸 사 봤자 이치고의 학생도 아닌 내가 창피하

---

* 이치고등학교가 위치한 도쿄의 지명.

게 쓰고 다닐 수도 없었으니까.

　나는 아무도 없는 데서 몰래 모자를 쓰고 오가이 박사의 '청년'이랑 하이델베르크를 떠올리며 소설 속의 주인공이라도 된 듯 공상에 빠져 보고 싶었다. 그 강한 욕망을 도저히 억누를 수가 없었다. 그래서 어느 해 여름 방학이 시작되자마자 가방 속에 모자를 집어넣고 닛코 시 산속의 추젠지* 근처에 있는 피서지로 갔다. 숙소는 당연히 호수 옆에 있는 레이크사이드 호텔로 정했다. 거긴 내 공상 속의 인물이 선택할 만한 곳이었다.

　어느 날 근처의 작은 폭포를 보려고 여름 산길을 올라갔다. 7월 초순의 닛코는 푸른 나뭇잎 아래에서 밝게 빛나고 있었다.

　숙소를 나올 때부터 과감하게 모자를 꺼내 썼다. 이런 한적한 산길이라면 보는 사람도 없을 테니 민망해 하지 않고 맘껏 공상에 잠길 수 있을 거라고 생각했기 때문이다. 여름 산길에는 하얀 꽃들이 피어 있었다. 교복에다 모자까지 썼으니 땀이 나는 게 느껴졌지만, 그래도 오른쪽 어깨에 한껏 힘을 주고 걸었다. 독일 학생의 청춘 기질과

---

* 닛코 시에 있는 천태종 사원.

도 같은 낭만적인 호기를 부리면서. 품속에는 마루젠에서 구입한, 내가 너무도 좋아하는 하이네의 시집이 들어 있었다. 그 시집은 연필로 쓴 메모가 가득했고, 책갈피에 마른 꽃 같은 게 꽂혀 있었다.

산길 끝의 벼랑을 막 돌았을 때 문득 내 앞으로 두 개의 화사한 양산이 나타났다. 자매처럼 보이는 젊고 아름다운 여자들이었다. 나는 아무 이유도 없이 갑자기 몸이 굳는 듯한 수치스러움과 혼자라는 어색함을 느꼈다. 일부러 그쪽을 보지 않도록 하며 어깨에 힘을 주고 서둘러서 그녀들을 앞질렀다. 관심 없는 척하려고 무리한 노력을 해서 그런지 몸이 굳어 있었다. 하지만 속으로는 이런 인적이 없는 산길에서 어쩌면 아름다운 여성들과 길동무가 될 수 있을지 모른다는 생각에 가슴이 설레었다. 공상 속에서나 가능한 행복에 민망해 하면서.

나는 여자들을 지나치면서 어리석게도 이런 기회를 놓쳐 버린 걸 아쉬워했다.

그런데 마침 그때 절호의 기회가 찾아왔다. 손수건으로 이마의 땀을 닦다가 모자가 벗겨진 것이다. 그게 바로 대여섯 걸음 뒤에서 걸어오고 있는 여자들 발밑까지 굴러갔다. 동생이 그걸 바로 집어 들었다. 그녀는 수줍어하는 기색도 없이 쾌활하게 내 쪽으로 달려왔다.

"이런... 정말 고맙습니다."

당황한 나는 간신히 인사말을 중얼거렸다. 서둘러 모자를 쓰고 도망치듯이 성큼성큼 걷기 시작했다. 우주가 새빨갛게 회전하는 것 같았고 어떻게 해야 좋을지 몰랐다. 그저 발만 기계적으로 움직이며 잰걸음으로 앞으로 나아갔다.

그때 바로 뒤에서 여자의 목소리가 들렸다.

"저, 말씀 좀 물을게요."

그건 언니 쪽이었다. 그녀는 나보다 한두 살 위로 보였는데 영리해 보이는 아름다운 눈동자를 갖고 있었다.

"폭포 쪽으로 가려면 이 길로 가면 되나요?"

그렇게 말하고 다정하게 미소 지었다.

"옙!"

나는 완전히 굳은 채 마치 군인처럼 대답을 했다. 여자는 잠시 내 얼굴을 물끄러미 쳐다보더니 이윽고 친근하게 말을 걸었다.

"실례지만, 이치고의 학생이신가요?"

순간 나는 대답하기가 곤란했다.

"아니오."라는 말이 바로 입 안에서 맴돌았다. 하지만 곧바로 모자가 생각나서 식은땀이 났다. 너무 당황한 나머지 애매한 대답을 했다.

"아... 뭐..."

"그럼 당신은..."

여자는 채근하듯이 질문했다.

"아키모토 자작님의 아드님이시군요. 제가 잘 아는 분이네요."

이번엔 큰 소리로 똑똑히 대답했다.

"아니오. 아닙니다."

하지만 여자는 의심스럽다는 표정으로 나를 쳐다봤다. 왠지 모를 민망함과 불안함에 쫓기며 나는 여자들을 뒤에 남겨둔 채 서둘러 앞으로 걸어가 버렸다.

호텔로 돌아왔을 때 그 여자들이 내 옆방에 묵는다는 걸 우연히 알게 되었다. 그들은 나이 든 어머니와 함께 셋이 와 있었다. 여러 번 마주치다 보니 피할 수 없었고 결국 그녀들과 가까워지게 되었다. 자매와 나는 숲속으로 산책까지 가는 사이가 되었다. 언니는 나를 좋아하는 게 틀림없었다. 그녀는 언제나 나를 도련님이라고 불렀다.

처음엔 그저 장난이라 여기고 나도 마치 귀족이라도 된 듯 일부러 거드름을 피우며 대답했다. 그런데 어느 순간 그녀가 진지하다는 걸 알아차렸다. 아주 오래전부터 그녀는 이치고의 운동회 등 다양한 기회를 통해 아키모토 자작의 아들을 잘 알게 되었다고 했다. 그리고 내가 그 사람이 틀림없으니 아무리 숨기려고 해도 소용없다며 강한 확신을 가지고 주장했다.

확신이 너무나 강해서 내가 아무리 설명을 해도 결코 받아들이지 않았다. 결국 나는 마지못해 적당히 귀족의 아들인 것처럼 행동할 수밖에 없었다.

떠나는 날이 다가왔다. 매미가 울어대는 숲속 오솔길에서 여름 석양을 등지고 서 있던 그녀가 내게 살짝 다가왔다. 마음속의 비밀을 털어놓기라도 할 듯한 모습이었다.

나는 스스로를 속이고 있는 내 모습을 더 이상 참을 수가 없었다. 나는 이치고의 학생도 아니고 귀족의 아들은 더욱더 아니다. 그런데 뻔뻔하게도 이치고의 모자를 쓰고 도련님 소리를 듣는 걸 즐기고 있었다. 어떤 핑계를 댄다 해도 난 그저 불량배 같은 행동을 한 거나 다름없다.

너무 후회스러웠다. 당장 짐을 싸서 떠나야겠다고 마음먹었다.

다음 날 아침 일찍 뒷산에 올랐다. 여름 수풀이 우거지고 나무 위에서 매미가 울어대고 있었다.

나는 가방에서 모자를 꺼내 찢어 버렸다.

모자 찢어지는 소리가 서글프게 가슴을 울렸다. 그 적갈색의 리본 장식도 진흙 속에 묻힌 채 내 발에 밟히고 있었다.

하기와라 사쿠타로(萩原朔太郎, 1886~1942), 시인

번역 서 홍

인생의 여행길에서

초대하지 않은 손님들
여행 짐 꾸리기
죽음에 대한 객관적인 느낌
습관이 되어버린 나의 고독
자신감에 대해서

초대하지 않은 손님들

시마자키 도손

'겨울'이 찾아왔다.

솔직히 말해서 내가 기다리고 있던 건 추하게 주름진 노파였다. 이보다 더 거칠고 졸린 듯한 얼굴로 떨고 있는 보잘 것 없는 모습을 예상하고 있었다. 나를 찾아온 그 얼굴을 유심히 살펴보았다. 선입견에 사로잡혀 있던 내 생각과 너무도 달라서 놀란 내가 물었다.

"당신이 '겨울'이요?"

"그럼 자네는 도대체 나를 누구라고 생각하나? 나를 그렇게 몰랐던 건가?"

'겨울'이 대답했다.

겨울은 나에게 여러 가지 나무를 가리키며 보여주더

니 "저기 철쭉 좀 보게."라고 했다. 쳐다보니 서리 맞은 잎은 이미 오래 전에 다 떨어져 버렸지만 갈색의 가느다란 어린 가지에는 벌써 새싹이 돋아나고 있었다. 그 싱싱하고 윤기가 흐르는 어린 가지에도, 기세 좋게 돋아난 새싹에도 겨울의 불꽃이 흘러나오고 있었다. 철쭉뿐만 아니라 어린 매화 가지는 짙은 녹색으로 자라서 길이가 한 자나 되는 것도 있다. 조그맣게 웅크리고 있는 건 진달래인데 와들와들 떠는 모습은 전혀 보이지 않았다. "저 동백나무를 보게."라고 '겨울'이 내게 말했다. 햇빛을 받아 빛나는 푸른 잎은 말로 표현할 수 없을 정도로 반짝였고, 빽빽한 잎들 사이로 커다란 꽃봉오리가 얼굴을 내밀고 있었다. 깊은 미소처럼 피어나는 저 동백꽃 중에는 서리가 내리기도 전에 일찌감치 피었다가 진 것도 있었다.

'겨울'은 팔손이나무를 가리켰다. 거기에는 흰색에 가까운 연둣빛의 신선함이 있었고, 늠름한 꽃 모양은 주변의 단조로움을 무너뜨렸다.

3년 동안 나는 이국땅에서 지내면서 어두운 겨울을 보냈다. 차가운 비가 내려 장지문 밖이 어둑어둑한 날이면 이따금씩 파리의 겨울이 떠올랐다. 그곳은 일 년 중 가장 해가 짧다는 동지 무렵이면 아침 9시경에야 겨우 날이 밝아오고 오후 3시 반이면 해가 저물었다. 보들레르의 시 속에 나오는 붉게 불타오르면서 얼어붙는 태양은 굳이 북극의 끝을 상상하지 않더라도 파리의 마을을 거닐다 보면 흔히 볼 수 있었다. 겨울이 찾아와도 바싹 마른 마로니에 가로수 사이에서 시들지 않는 파릇파릇한 풀밭은 특별한 겨울 풍경이었다. 그렇지만 샤반*의 그림 <겨울>의 깊고 고요한 잿빛 색조야말로 그곳의 자연에 어울리는 것이었다.

오랜만에 도쿄 교외에서 칩거를 하며 겨울을 보냈다. 겨울 햇살이 집안 가득 반짝이는 건 지난 3년 동안 없었던 일이다. 이 계절에 탁 트인 푸른 하늘을 바라볼 수 있는 것도 드문 일이다. 내 곁에 와서 속삭이고 있던 건 분명히 무사시노의 '겨울'이었다.

그 후로도 매년 찾아오는 '겨울'이었지만 이곳에서 겨울을 나게 된 뒤로는 새롭게 보이기 시작했다. 예전의 '겨울'을 떠올려 보면 일찍이 시나노**에서 만난 '겨울'이 가장 친밀하게 느껴진다. 나는 매년 다섯 달이라는 긴 시간

---

* 프랑스의 벽화가.
** 현재의 나가노 지방.

을 '겨울'과 함께 지냈다. 하지만 산속에 있는 모든 것이 숨어 버려서 '겨울'의 미소를 본 적이 없다. 11월 초순이면 산에는 일찌감치 첫눈이 내렸다. 눈이 내릴 것처럼 흐리고 쓸쓸한 하늘에서 햇빛도 사라질 무렵이면 아사마산*의 연기마저 숨어버려 보이지 않았다. 지쿠마강의 물살도 얼음 속에 갇혔다. 내 주변엔 온통 깊이 쌓여 녹지 않는 눈뿐이었다. 그 눈은 나의 오래된 집 뜰도 묻어버렸다. 뜰에 쌓인 눈이 북쪽 툇마루보다 더 높을 때도 있었다. 처마에 매달린 칼날 같은 고드름은 두세 자나 되었다. 길고 추운 밤에는 방 안에서 얼어붙은 기둥이 갈라지는 소리를 들으며 구멍 속에 숨어 있는 벌레처럼 몸이 움츠러들었다.

그런 '겨울'이 나에겐 선입견이 되어 버렸다. 나는 그 산 위에서 일곱 번이나 '겨울'을 맞이했다. 내 눈에 비친 '겨울'은 오로지 잿빛이었다. 파리에서 만난 '겨울'은 그 정도로 눈이 깊이 쌓이진 않았지만 잿빛 풍경만큼은 시나노의 산에 뒤지지 않았다. 긴 여행에서 돌아온 나는 오랜만에 나를 찾아와 준 그의 얼굴을 보았을 때 그게 '겨

---

* 나가노 지방에 있는 활화산.

울'이라고는 도저히 믿기지 않았다.

　그 뒤로 세 번째 '겨울'을 맞이하던 해에 상록수의 어린 잎을 찬찬히 살펴보았다. 그때까지 나는 서리를 맞아 떨어지는 누런 잎에만 정신이 팔려 초겨울 상록수의 새로 돋아난 잎에는 그다지 주의를 기울이지 않았다. 초겨울에 돌아난 새잎은 일 년을 통틀어 볼 수 있는 가장 아름다운 나무의 모습 가운데 하나다. '겨울'은 그해에도 향나무의 초록 잎사귀와 붉은 열매가 달린 백량금을 가리키며 내게 보여 주었다. 백량금 열매는 흰색도 있었다. 저렇게 구슬처럼 진한 광택은 겨울철이 아니면 볼 수 없다. "저 떡갈나무를 보게."라며 '겨울'이 가리킨 걸 쳐다보았다. 거무스름하고 단단한 줄기와 가늘지만 강건함을 잃지 않은 나뭇가지는 마치 고딕풍의 건축물을 보는 듯했다. 게다가 겨울 햇살을 받은 떡갈나무 어린잎에는 말로 표현하기 힘든 깊은 광채가 돌았다.

　'겨울'은 내게 말했다.

　"자넨 지금까지 날 그렇게 잘못 본 건가? 올해는 자네의 어린 딸한테 줄 선물까지 가져왔다네. 그 아이의 불그스름한 볼도 내 성의일세."라고.

‘가난’이 찾아왔다.

어릴 때부터 친숙한 방문객이 다시 허물없이 내 곁으로 왔다. 솔직히 말해서 뻔질나게 찾아오는 이 얼굴을 볼 때마다 나는 ‘겨울’보다 더 추함을 느꼈다. “자네와 난 오랜 친구잖아.”라고 말하는 것 같은 이 손님을 보는 것만으로도 고개가 수그러졌다. 나는 도저히 이 손님을 오랫동안 쳐다볼 수 없었다. 그런데 이 얼굴을 자세히 들여다보다가 지금까지 생각지도 못했던 다정한 미소를 발견했다. 나는 이전에 ‘겨울’에게 했던 것처럼 이 손님에게 물어 보았다.

“자네가 가난인가?”

“그럼 나를 누구라고 생각했나? 그렇게 오랫동안 나를 몰랐단 말인가?”라고 ‘가난’이 대답했다.

“신기한 일이야. 지금까지 난 자네가 웃는 걸 본 적이 없다네. 그렇게 웃을 거라고는 생각도 못했어. 웃지 않는 줄만 알았는데. 가끔 자네가 비웃을 때면 나는 몸이 오그라드는 것처럼 기분이 나빴지. 그래도 자네에게 익숙해져 있어서 곁에 있으면 안심이 된다네.”

내가 이렇게 말하자, ‘가난’은 웃으며 대답했다.

“나에게 익숙해지면 안 되지. 나를 좀 더 존경해 줬으면 하네. 나한테 청(淸) 자를 붙여서 '청빈'이라고 부르는 사람도 있지만 사실 난 그렇게 차갑진 않다네. 나는 내가 걸어온 발자국 하나하나에 꽃을 피울 수 있어. 내 집을 궁궐로 바꿀 수도 있고. 난 일종의 마법사라고 할 수 있지. 이래봬도 난 소위 '부(富)' 따위가 생각하는 것보다는 훨씬 원대한 꿈을 꾸고 있다네."

'늙음'이 찾아왔다.

이것이야말로 내가 '가난'보다 더 추하게 여겼던 것이다. 그런데 이상하게도 '늙음'마저 내게 미소를 지어보였다. 나는 또다시 '가난'에게 했던 것처럼 묻지 않을 수 없었다.

"자네가 늙음인가?"

내 곁에 다가온 그 얼굴을 자세히 보니 지금까지 내가 마음속에 그리고 있던 건 진정한 의미의 '늙음'이 아니라 '위축'이었다는 걸 알게 되었다. 내 곁에 다가온 건 더 빛나고, 더 가치 있는 것이었다.

하지만 이 방문객이 나를 찾아온 지는 얼마 되지 않았다. 더 자세히 이야기를 나눠 보지 않으면 이 손님의 참모습을 알 수가 없다. 그저 '늙음'의 미소 정도만 알게 되었을 뿐이다. 어떻게든 나는 이 손님에 대해 자세히 알고 싶다. 그리고 나도 제대로 나이가 들고 싶다.

또 누군가 찾아온 것 같다. 내 집 문 앞에서 서성대고 있는 듯하다. 나는 그것이 '죽음'이라는 걸 알고 있다. 앞서 찾아온 손님들이 선입견을 앞세웠던 내 생각이 잘못되었다는 걸 깨닫게 해 줬듯이 '죽음' 또한 생각지도 못했던 걸 내게 가르쳐 줄지도 모른다.......

시마자키 도손(島崎藤村, 1872~1943), 시인, 소설가

번역 안영신

여행 짐 꾸리기

가타야마 히로코

아마 오륙 년 전이었던 것 같다. 나의 와카 동료인 구리하라 기요코 씨가 오노노 고마치*의 무덤을 찾아갔다가 와카를 열 수 정도 지어 잡지에 발표한 적이 있다. 일 때문에 구리하시 부근에 갔다가 오래 전 길에서 쓰러져 죽은 고마치를 마을 사람들이 묻어줬다는 이야기를 들었다고 한다. 몰락하여 더 이상 교토에서 지낼 수 없게 된 고마치는 고향인 동북부 지방으로 돌아가던 길이었다. 그게 진짜일지 가짜일지, 어쩌면 다른 사람의 무덤일지도 모른다고 노래한 와카였다. 시도 아름다웠지만 나

---

* 헤이안 시대(794~1185) 초기 여섯 명의 와카 명인 중 한 사람.

는 고마치의 무덤에 깊은 흥미를 느꼈다. 그녀는 교토의 귀족 가문에서 태어난 귀부인은 아니었다. 동북부 지방에서 자란 어린 소녀가 재주와 용모가 뛰어나 궁녀로 발탁돼 궁궐로 들어가게 되었다. 각 지방관의 딸 가운데 재색이 뛰어난 자를 궁녀로 추천했다고 하니, 나름 교양 있는 집안의 따님이었을 것이다. 한 시대에 이름을 날린 아름다운 여인이 얼마나 지친 모습으로 여행을 했을지 상상해 보았다. 헝클어진 머리카락을 길게 늘어뜨리고 잿빛 기모노에 지팡이를 짚고 정처 없이 떠돌아다니는 고마치의 모습을 어떤 그림에서 본 적이 있다. 그렇게 단아하고 아름다운 여인이 지팡이를 짚으며 들판을 걸을 때, 뭔가 작은 보따리를 들고 있지 않았을까 하는 생각이 들었다.

지난 전쟁 때 피난을 떠나는 우리의 작은 짐 보따리에는 종이, 빗, 비누, 수건, 속옷, 버선, 백미 다섯 홉, 성냥 같은 물건이 들어 있었다. 고마치가 작은 짐을 갖고 있었다면 거기엔 빗, 종이, 향료 주머니, 속옷 정도가 있었을 테고, 교토를 떠나 먼 길을 가는 동안 돈은 전부 써 버렸을 것이다. 화려했던 그녀의 과거가 담긴 그 모든 아름다운 물건들, 시와 사교와 연애, 그 밖의 여러 가지 좋은 것들은 여행을 떠나는 날 모두 버렸을 테고, 그때 이미 그녀의 마음도 죽었을 것이다.

고향으로 돌아가는 길에 죽음을 맞이한 그녀와는 반대로 우리는 미지의 내일을 향해 모두가 여행길에 오르고 있다. 이 여행길의 작은 보따리 속에는 무엇을 넣을까? 일단 매일 먹을 음식이나 침구, 옷가지는 아니다. 우리가 가장 원하는 물건, 사고 싶은 물건, 그런 건 각자 다르기 때문에 필수품 외에 생활을 윤택하게 만들어 줄 작은 물건이나 커다란 무엇, 그 밖의 여러 가지일 것이다. 피난용 짐에 들어 있던 것도 아니고, 오래전 고마치의 작은 보따리에 들어 있던 것도 아닌, 그 밖의 여러 가지 마음에 드는 물건.

네다섯 명이 모여 차를 마시면서 각자가 원하는 걸 말해 보았다. "도라야 양갱 대여섯 개만." 누군가 자그마한 소원을 말했다. "모피 외투."라고 젊은 사람이 말했다. "향기가 좋은 비누."라고 말하는 사람도 있었다. 담배 열 갑 정도로 버티겠다는 사람도 있었다. 모두가 바라는 게 있었고 어느 정도는 이룰 수 있는 것들이었다.

작은 짐이 있었는지조차 알 수 없는 맨몸으로 메마른 들판을 걸었던 그때의 여인과는 달리, 지금은 매일매일 무언가 좋은 향기, 아름다운 빛깔, 풍부한 맛, 그런 것들이 조금씩 주어지는 시대가 되었다. 《생활의 수첩》[*]에 실려 있는 여러 가지 좋은 물건들 같은. 지금 우리는 먹을 것, 입을 것이 부족했던 옛날 사람들은 꿈도 꾸지 못했던 환경 속에 살고 있다. 가난하더라도 지혜를 발휘하여 꿈과 현실을 적절히 섞어 놓은 좋은 것들을 찾아가며 살고 싶다.

가타야마 히로코(片山広子, 1878~1957), 시인, 수필가

번역 안영신

---

[*] 1948년 창간되어 현재까지 발행되는 종합 생활 잡지.

죽음에 대한 객관적인 느낌

마사오카 시키

　인간은 누구나 한 번은 죽는다는 사실을 우리 모두 알고 있지만 그걸 강하게 느끼는 사람이 있는가 하면 그렇지 않은 사람도 있다. 어떤 사람은 아직 젊은데도 자꾸만 죽음을 의식해서, 오늘 밤 잠들면 이대로 죽는 건 아닐까 하는 걱정에 밤잠을 못 이루기도 한다. 그런가 하면 죽음에 대해 의연한 태도를 보이는 사람도 있다. "자네도 죽는다고!" 하면서 겁을 줘도 들은 체도 하지 않는다. 요컨대 건강한 사람은 죽음 같은 걸 생각할 필요도 없고, 또 그럴 여유도 없기 때문에 그저 열심히 돈을 벌거나 노는 데 몰두하는 거라고 생각한다.

　나처럼 오랫동안 병을 앓은 사람은 종종 죽음이라는

걸 생각할 때가 있고, 또 그럴 만한 시간적 여유도 있어서 죽음에 대해 진지하게 연구해 보았다. 죽음에 대한 느낌에는 두 가지가 있는데, 하나는 주관적인 느낌이고 또 하나는 객관적인 느낌이다. 이해하기 좀 어렵겠지만 죽음을 주관적으로 느낀다는 말은 내가 지금 당장 죽을 것 같은 아주 무서운 느낌이다. 심장이 마구 뛰고 마음이 불안하고 몹시 괴롭다. 이건 환자가 자신의 몸에 이상을 느낄 때마다 일어나는데 이보다 불쾌한 건 없다. 객관적으로 자신의 죽음을 느낀다는 말은 이상하게 들리겠지만 몸은 죽어도 생각은 살아남아서 자신의 죽음을 객관적으로 바라보는 것이다. 주관적인 느낌은 보통 사람에게 자주 일어나는 감정이지만 객관적인 느낌은 그 의미조차 이해 못하는 사람이 많을 것이다. 주관적인 느낌은 무섭고 괴롭고 슬퍼서 단 한 순간도 견딜 수 없을 것 같은 기분이다. 객관적인 느낌은 그것보다 훨씬 더 냉정하게 자신의 죽음을 바라보기 때문에 다소 슬프고 허무한 느낌이지만 어떤 때는 오히려 우스꽝스러워서 혼자 미소 짓는 일도 있다. 주관적인 느낌은 병이 더 심해지거나 갑자기 고통을 느낄 때 일어나고, 객관적인 느낌은 오랫동안 병을 앓고 있는 사람이 조금 불쾌감을 느낄 때 일어난다.

작년 여름 무렵 나의 죽음을 객관적으로 관찰한 적이 있다. 내가 죽으면 우선 관에 넣어질 것이다. 죽은 사람을 관에 넣는 광경을 어릴 적부터 종종 보긴 했는데 너무 갑갑해 보여서 싫다. 좁은 관에 시신을 넣는 것도 그렇지만 시신이 흔들리지 않도록 무언가를 채워 넣는데 그게 갑갑하고 싫은 것이다. 내 고향에서는 톱밥으로 관을 채웠다. 두 종류의 종이 봉지를 준비해서 속에다 톱밥을 채우고 겉에는 '나무아미타불' 같은 글귀를 쓴다. 채우는 부분에 따라 넓적한 봉투와 기다란 봉투가 각각 필요하다. 얼굴 부분은 그나마 신경을 써서 공간을 많이 두긴 하지만 어쨌든 머리도 못 움직일 정도로 채워버린다. 그러니까 시신을 땅에 묻기도 전에 먼저 톱밥 봉지들 사이에 묻는 것이다. 십몇 년 전의 일인데, 사루가쿠초에서 함께 하숙하던 친구가 갑자기 병으로 세상을 떠났다. 도쿄에는 친척이 아무도 없어서 친구들이 모여 장례를 치렀다. 그때 무엇으로 관을 채울 건지 물었더니 도쿄에서는 보통 붓순나무 잎 같은 걸 쓴다고 했다. 그래서 그걸 사 와서 앞에서 말한 대로 종이 봉지에 넣어 관을 채우다 보니 잎이 부족했다. 더 사 가지고 왔는데, 나중에는 봉지 만드는 것도 귀찮아서 그냥 잎으로만 채워 넣었다. 관 속에 있는 죽은 사람의 뺨 부위에 붓순나무 잎이 붙어 있는 게 안쓰러웠다. 그래서 나를 관 속에 넣을 땐 갑갑하지 않게 해 줬으면 좋겠다고 생각했고, 그 문제가 자꾸만 신경이 쓰였다. 서양에서는 꽃으로 채우기도 한다는데 이상적인 방식이라 좋을 것 같긴 하다. 하지만 꽃은 촉감이 너무 부드러워서 관을 채우는 용도는 안 될 것 같다. 관의 폭을 좁게 만들어 시신이 움직이지 않게 한 다음에 꽃으로 채운다 해도 톱밥이랑 달리 살짝 흩뿌리는 정도일 것이다. 그렇게 비좁은 관도 갑갑해서 마음에 들지 않는다.

스코틀랜드 노래 중에 <Sweet William's Ghost>라는 곡이 있다. 유령이 된 남편이 아내를 찾아가서 자신이 먼 곳에서 죽었다는 걸 알려 주는데 두 사람의 대화에 다음과 같은 내용이 있다.

"Is there any room at your head, Willie?

Or any room at your feet?

Or any room at your side, Willie,

Wherein that I may creep?"

"There's nae room at my head, Margret,

There's nae room at my feet,

There's nae room at my side, Margret,

My coffin is made so meet."

　당신한테 가고 싶은데 당신 머리맡이나 발밑이나 옆에 내가 기어 들어갈 만한 공간이 있는지 여자가 묻는다. 하지만 남편의 유령은 내 머리맡에도, 발밑에도, 옆에도 틈이 조금도 없다고, 내 관은 그렇게 딱 맞게 만들어져 있다고 대답한다. 정사한 연인 사이라 해도 두 구의 시신을 하나의 관에 넣지는 않으니까 아무래도 상관없겠지만, 이 노래는 남녀 간의 사랑을 잘 표현하고 있을 뿐만 아니라 관 속이 얼마나 갑갑한지도 잘 보여주고 있다. 이렇게 노래 가사로 보니까 관 속의 갑갑함이 오히려 정취로 느껴지기도 하지만 그래도 지금 내 몸이 관 속에 들어 있다고 생각하니 갑갑하지 않게 해줬으면 싶다. 무엇보다 폐병 환자의 경우 가슴이 짓눌리는 게 남들보다 몇 배나 더 갑갑하고 괴롭게 느껴질 것이다.
　언젠가 세계 각국의 풍속화를 모아 놓은 책을 본 적이 있다. 그 중에 어떤 나라(나라 이름은 잊었지만 유럽의 큰 나라는 아니었다) 왕의 시신이 관 속에 들어 있는 그림이 있었다. 그 관은 높은 곳에 놓여 있었고, 머리 쪽이 다리 쪽보다 한층 더 높았다. 거기에는 등불이 절반은 밝게, 절반은 어둡게 비추고 있어서 주위의 장식이 아름답게 보였다. 관 속에 누워 있는 왕의 얼굴은 물론이고 배에서 발까지 흰 천으로 싸여 있는 게 잘 보였다. 왕의 눈은 고요히 감겨 있었고 하늘나라에 올라가는 꿈을 꾸고 있는 것 같았다. 그 그림을 봤을 때 나는 무섭기도 했지만 동시에 신성하고 고상하다는 느낌을 받았다. 왕은 조금도 괴로워 보이지 않았다. 만약 내가 죽었을 때 이렇게 해 준다면 갑갑하지 않을 것 같았다. 하지만 아무리 이렇게 한들 관 뚜껑을 닫고 못을 쾅쾅 박아 버리면 그걸로 끝이다. 관 속에서 되살아나 손발을 움직이려 해도 어찌할 방법이 없다. 그래서 관 속에서 다시 살아나게 되면 곧바로 밖으로 기어 나올 수 있는 구조로 만들고 싶다는 생각도 든다.

관 속이 갑갑한 거야 어쩔 수 없다 해도 그 관을 어떻게 묻는 게 좋을까. 가장 일반적인 방식이 토장이긴 한데 그것도 별로 만족스럽지는 않다. 누구의 관이든 땅속에 넣을 때 마음이 언짢은 법이다. 하물며 그 관 속에 내 시신이 들어 있다고 생각하면 말할 수 없이 꺼림칙하다. 관 속에 자신이 누워 있다고 생각해 보라. 관은 삐걱삐걱, 쿵

하고 밑으로 떨어진다. 상주가 첫 삽을 뜬다. 흙덩어리가 하나둘씩 내 얼굴 위로 떨어지는 소리가 난다. 그 다음엔 흙이 우르르 내 몸 위로 떨어진다. 눈 깜짝할 사이에 관을 묻어버린다. 그리고 인부들은 거기에 흙을 쌓아올리고 계속해서 밟으며 다진다. 이제 살아나도 소용없다. 아무리 소리를 질러도 들리지 않는다. 그렇게 내가 땅속에 묻혀 있다고 생각하니 그 갑갑함을 이루 말로 표현할 수가 없다. 여섯 자 깊이라면 그나마 괜찮겠지만, 친구가 친절을 베푼답시고 아홉 자로 해야 한다고 주장해서 아홉 자로 땅을 파 준다면 그건 정말 달갑지 않은 친절이다. 아홉 자 깊이의 땅 속에서 흙의 무게를 받치고 있는 것도 몹시 괴로운데 그 위에 큰 석탑이라도 세우면 견딜 수 없을 것 같다. 석탑은 세우지 말아 달라고 예전부터 유언을 남겨 두었는데, 석탑이 없으면 볼품이 없다면서 뭔가 커다란 걸 박아 놓기라도 한다면 정말 참을 수 없을 것 같다.

토장은 아무래도 갑갑해서 화장은 어떨지 생각해 보지만 그것도 달갑지 않다. 화장에도 여러 종류가 있는데, 벽돌 굴뚝이 달린 요즘의 화장터는 관을 넣는 곳에 칸막이가 있어서 그 안에 관을 하나씩 넣고 밤이 되면 증기를 이용해서 한꺼번에 처리한다고 한다. 그런 곳에 관을 넣는 것도 싫지만, 무엇보다도 증기로 타 버린다고 생각하니 견딜 수가 없다. 손도 발도 모조리 태워 버린다면 괴로워도 그냥 체념하겠지만 증기로 처리하면 숨이 막히고 고통스러워도 소리도 못 지를 거 같은, 묘한 느낌이 든다. 게다가 그런 방법은 음식점의 요리 같아서 기분이 별로다. 화장이라면 차라리 예전 방식이 정취가 있고 세련된 것 같다. 어느 산그늘의 삼나무 숲속 음침한 곳에 화장터가 하나 있다. 화장터라고 해도 평범한 돌만 있을 뿐, 별다른 장치도 없다. 장작이 산더미처럼 쌓여 있는 곳에 관을 올리면 온보*가 사방에서 장작에 불을 붙인다. 밤에 활활 타오르는 불빛이 어두운 삼나무의 한쪽을 비추고 하늘에는 별이 하나둘 반짝인다. 거기에는 화장을 지켜보려고 따라온 친구 두 명과 온보만 있다. 한 사람이 온보에게 "날씨가 스산해지는데 비가 오진 않겠죠?"하고 묻자 온보는 뻑뻑 피우던 담뱃대를 걸터앉은 돌에다 탁탁 치면서 "글쎄, 비가 올지도 모르지."라고 대수롭지 않게 대답한다. "지금 비가 오면 곤란한데 어떡하지?" 하고 한 사람이 걱정스럽게 말하자 온보는 여전히 무표정한 얼

---

* 화장터에서 화장을 하고 묘지를 지키는 사람.

굴로 "금방 다 탑니다."라고 대꾸한다. 불빛에 비친 온보의 얼굴은 귀신인가 싶을 정도로 붉게 빛나고 있다. 이런 무시무시한 광경을 상상해 보니, 어느 소설 속 내용 같아서 조금 흥미가 느껴지기도 한다. 그러나 불길이 옆으로 번지면서 관은 점점 타들어간다. 손과 발, 머리에 불이 붙어 활활 타오르기 시작하면 아픈 것도 아픈 거지만 옆에서 보기에도 별로 기분이 안 좋다. 게다가 고약한 냄새가 이루 말할 수 없다. 하지만 그 고통도 냄새도 한순간이고 백골로 변해버리면 일단 후련하긴 하다. 하지만 내가 없어지고 백골만 남는다니 너무 허전하다. 백골도 분명 내 것이지만 그건 나 같지 않다. 토장은 갑갑하기는 해도 내 몸이 땅 밑에 그대로 남아 있는데, 화장은 내가 백골로 변해 사라지는 느낌이라 정말 달갑지 않다. 뭐 '신체발부 수지부모(身体髮膚受之父母)'라며 고지식하게 도리를 따지자는 건 아니지만 죽어서도 몸은 온전하게 두고 싶은 심정이다.

매장도 화장도 싫다면 수장은 어떠냐고 할 텐데, 일단 나는 물을 별로 좋아하지 않는다. 헤엄칠 줄도 모르니 수장되면 물을 벌컥벌컥 들이켜지는 않을지 그게 걱정스럽다. 물은 마시지 않는다 해도 몸이 해초에 걸려서 물고

기들이 마구 달려들어 얼굴이고 몸통이고 콕콕 쪼아댈 걸 생각하면 너무도 불쾌하다. 뭔가 커다란 놈이 다가와서 한쪽 팔을 물어뜯을 때도 이상한 기분이 들 게 틀림없다. 문어, 전복이 쩍쩍 달라붙어도 그걸 떼어낼 손이 내겐 없으니 정말 불안하다.

토장도 화장도 수장도 전부 안 된다고 하면, 우바스테야마* 같은 곳에 버리는 건 어떨까. 관에도 넣지 않고 시신만 버리니까 갑갑하지도 않고 좋을 것 같다. 하지만 잠옷 위에 흰 수의만 입고 산 위에 버려진 채로 비바람을 맞는다면 나처럼 피부가 약한 사람은 금방 감기에 걸려서 안 된다. 문득 그림으로 봤던 왕의 모습이 떠올랐다. 기다란 관에 넣어 뚜껑은 덮지 않고 얼굴과 몸 전체를 완전히 드러낸 상태로 버려 주면 어떨까. 그러면 갑갑하지도 않고 춥지도 않아서 좋긴 한데 그래도 한 가지 걱정되는 건 늑대다. 수장 때 물고기에게 뜯기는 건 그렇다 쳐도 늑대에게 마구 먹히는 건 너무 아플 것 같아서 싫다. 늑대가 먹고 난 뒤에 까마귀까지 와서 부리로 배꼽을 쪼아댈 걸 생각하면 화가 난다.

---

* 늙은 부모를 버렸다는 산.

이것도 저것도 다 싫다면, 미라가 되는 방법도 있다. 미라에도 두 종류가 있는데, 이집트의 미라는 시신을 천으로 여러 겹 단단하게 감아 흙이나 나무처럼 만들고 그 위에 눈, 코, 입을 화려하게 색칠한다. 안에 사람이 있는 게 확실하지만 겉보기엔 그냥 커다란 인형 같다. 내가 인형이 되는 것도 별로 달갑진 않다. 그러나 화장처럼 몸이 없어지는 것도 아니고, 토장이나 수장처럼 갑갑하게 깊은 곳으로 가라앉는 것도 아니다. 머리부터 겹겹이 옷을 잔뜩 뒤집어쓰기만 하고 인류학 자료실 벽에 기대서 있는 것도 제법 그럴듯할 것 같다. 그리고 또 다른 종류의 미라는 산 속의 동굴에서 자주 발견되는데 사람이 앉은 채로 굳어서 죽은 것이다. 관에 들어갈 일도, 땅속에 들어갈 일도 없고 자유로워서 정말 좋을 것 같다. 하지만 누군가가 미라를 발견해서 바람 부는 곳으로 짊어지고 가기라도 하면 쉽게 무너져 내려앉을 것이다. 기껏 미라가 되었는데 무너져 내린다면 부질없는 일이 되고 만다. 형태가 무너지지 않더라도 아사쿠사에서 사람들의 구경거리가 되어 시줏돈이나 받아 챙기는 존재가 된다면 정말 한심한 노릇이다.

죽고 난 뒤의 나 자신을 객관적으로 바라보면서 이런

저런 생각을 해 봐도 딱히 이거다 싶은 게 없으니 될 수만 있다면 별이라도 되고 싶은 심정이다.

작년 여름이 지나고 가을도 무르익었을 무렵, 몹시 불안하고 숨이 막힐 것 같아 병상에서 혼자 괴로워했다. 그때는 나의 죽음을 주관적으로 느꼈기 때문에 머지않아 죽을 거라는 생각이 잠시도 머릿속을 떠나지 않았다. 누군가 찾아와 주길 기다렸지만 아무도 오지 않았다. 힘든 하루를 간신히 넘기고 다음 날 아침이 되었지만 전날의 괴로움은 조금도 줄지 않았다. 생각하면 할수록 불쾌감만 더해 갈 뿐이었다. 그런데 어쩐 일인지 그 주관적인 느낌이 갑자기 객관적인 느낌으로 바뀌어 버렸다. 나는 이미 죽어서 급히 마련한 초라한 관 속에 누워 있었다. 관을 메고 있는 두 명의 인부와 친구 둘이 북쪽을 향해 좁은 들길을 서둘러 걷고 있었다. 그들은 모두 각반에다 짚신을 신고 있었고 짐 같은 건 없었다. 논에는 벼 이삭이 누렇고 밭두렁의 개암나무에는 지빠귀가 시끄럽게 울고 있다. 관을 메고 밤새 쉬지 않고 걸어서 다음 날 정오 무렵 어느 마을에 도착했다. 마을 변두리에 나란히 놓여 있는 서너 개의 작은 무덤 옆에 한 평 정도의 빈터를 사들였다. 관을 거기에 내려놓고 인부들은 벌써 구덩이를 파고 있다. 그리고 친구 한 명이 근처의 가난한 절에 가서 스님을 모시고 왔다. 겨우 관을 묻었지만 무덤 표시도 없어서 적당한 돌을 하나 놓았더니 스님이 잠시 명복을 빌어 주었다. 주변에는 작은 들꽃이 가득 피어 있고, 건너편에 빨갛게 핀 석산화가 보였다. 사람 왕래도 별로 없는 한적한 마을 정경이다. 친구 둘은 그날 밤 절에서 묵고 다음날에도 스님과 함께 형식뿐인 명복을 빌었다. 스님에게도 잿밥을 권하고 모두가 사찰 음식을 먹으며 시골 절의 방에 앉아 있는 모습을 상상해 보니, 나는 그 자리에 없지만 왠지 기분이 좋았다. 그렇게 매장된 나도 관 속이 그다지 갑갑하지 않았다. 그때까지의 괴로움은 흔적도 없이 사라지고 기분이 상쾌해졌다.

겨울이 되면서부터 통증이 심해지고 숨쉬기가 힘들어서 때때로 죽음을 느끼며 불쾌한 시간을 보내기도 한다. 하지만 여름에 비해 정신도 또렷하고 머리가 맑아질 때가 많아서 여름만큼 괴롭지는 않다.

마사오카 시키(正岡子規, 1867~1902), 시인, 어학 연구자

번역 안영신

습관이 되어버린 나의 고독

하기와라 사쿠타로

나는 예전부터 기본적으로 사람을 싫어했고 누군가와 대화를 나누는 것도 힘들어했다. 하지만 여기에는 여러 사정이 있다. 물론 그중에 가장 큰 비중을 차지하는 것은, 나의 고독한 습관이나 독거하는 버릇 때문이라고 할 수 있을 것이다. 이건 선천적인 기질의 문제겠지만, 부득이하게 그렇게 될 수밖에 없었던 환경적인 요인도 있었다. 원래 이런 성격은 어릴 적부터 버릇없이 자랐기 때문에 만들어진 것이다. 나는 비교적 좋은 집안에서 태어나 하고 싶은 건 다 하고 자랐다. 그래서 누군가를 만나면 자신을 억누를 수 없었다.

나의 괴팍한 성격은 소학교 시절부터 남달랐기 때문

에 학교에서는 늘 혼자였고 친구들과도 어울리지 못했다. 항상 차갑고 적대적인 시선과 미움을 받으며 지냈다. 학창 시절을 생각하면 지금도 식은땀이 날 정도이다. 그 당시의 학생들과 교사들 한 사람 한 사람을 만나서 복수하고 싶을 만큼 나는 모든 사람한테 미움을 받고 괴롭힘과 따돌림을 당하면서 학교에 다녔다. 소학교와 중학교의 학창 시절을 돌이켜보면 내 평생 가장 저주받은 우울한 시절이었다. 정말이지 악몽과 같은 기억이다.

이러한 환경에서 나는 점점 더 사람들이 싫어졌고 사교와는 거리가 먼 인물이 되어 버렸다. 학교에 있을 때는 교실 한구석에 잔뜩 웅크리고 있거나, 쉬는 시간이 되면 아무도 없는 운동장 구석에 숨죽이며 숨어 있었다. 하지만 골목대장 악동들은 그런 나를 찾아내 그냥 내버려 두질 않았다. 다들 하나가 되어 괴롭혔던 것이다. 나는 일찍이 범죄자의 심리를 잘 알고 있었다. 들키는 게 두려워 사람의 눈을 피해 끊임없이 흠칫거리며 도망치는 그런 심리를 이미 어린 시절부터 경험하고 있었다. 게다가 나는 무척 예민했다. 공포에 대한 두려움도 많았고 아무것도 아닌 일도 굉장히 무서워했다. 유년 시절에는 벽에 비친 시계나 빗자루의 그림자만 봐도 경기를 일으킬 정도였다. 가족들은 그게 재미있었는지 장난치며 나를 자주 놀렸다. 어느 날 하녀가 국자를 벽에 비춰 그림자를 만들었는데, 그걸 보고 졸도한 나는 이틀 동안이나 열이 나서 누워 있었다. 나에게는 유년 시절이 죄다 공포의 세계 그 자체였고 도깨비와 요괴로 가득 차 있었다.

청년이 되어서도 여러 가지 공포스러운 환상 때문에 힘든 시기를 보냈다. 특히 강박 관념이 심했다. 문을 열고 나올 때는 항상 왼발부터가 아니면 나서질 못했다. 모퉁이를 돌 때는 세 번씩 빙글빙글 돌아야만 했다. 그런 멍청하고 쓸데없는 짓이 나한테는 강박적이고 절대적인 명령이었다. 하지만 가장 곤란했던 건, 의식과 정반대의 충동에 사로잡히는 일이었다. 예를 들면 거리로 나가려고 집을 나설 때면, 나도 모르게 반대쪽 숲속으로 가곤 한다. 가장 괴로운 건 이런 충동이 친구를 사귈 때도 나타난다는 사실이다. 예를 들면 내가 눈앞에 있는 한 친구를 사랑하고 있다고 생각해보자. 내 마음속에서는 분명히 그 친구와 악수하고 "나의 사랑하는 친구!"라고 말하고 싶어한다. 하지만 어느 순간 이와 반대되는 충동이 갑자기 일어난다. 그래서 나도 모르는 사이에 "이런 바보 같은 녀석!"이라는 말이 툭 튀어나오는 것이다. 게다가 이런 충동은 피하기 어려웠고 억누를 수도 없었다.

이렇게 끔찍하게 나를 괴롭히는 병도 없을 것이다. 나는 스물여덟 살 때 처음으로 도스토옙스키의 소설 『백치』를 읽고 깜짝 놀랐다. 왜냐하면, 그 소설의 주인공인 백치 귀족이 나와 같은 정신 이상자였기 때문이다. 백치의 주인공은 사랑 때문에 흥분에 사로잡히면, 갑자기 상대의 머리를 치고 싶은 충동이 일어나는데 그걸 억제할수 없어서 괴로워했다. 그 소설을 처음 읽었을 때는 정말이지 이건 내가 쓴 게 아닌가 싶을 정도였다. 나는 소년 시절에 구로이와 루이코나 코난 도일이 쓴 탐정소설의 애독자였다. 조금 성장한 다음에는 주로 에드거 앨런 포나 도스토옙스키를 즐겨 읽었는데, 이건 나의 타고난 기질이 그런 작가들의 특성과 매우 유사하다는 걸 발견했기 때문이다.

아무튼, 이게 내가 사람을 싫어하고 사교적이지 않은 사람으로 바뀐 가장 큰 원인이었다. 나는 사람 앞에 나설 때마다 이 반대 충동의 발작이 두려웠고, 그런 걱정을 억누르려는 생각에 늘 마음을 졸여야 했다. 긴장하면서 마음을 다잡지 않으면 안 되는 것이었다. 그런 괴로움과 초조함이라는 건 도저히 글로는 설명할 수 없다. 게다가 겉으로는 그런 티를 내지 않고 평범하게 대화를 나눠야만 했다. 이 지긋지긋한 병 때문에 과거에 나는 친구 몇 명을 잃었고 사랑하는 사람을 적으로 돌려 버렸다. 특히 깊은 교제가 없는 사람한테는 발작이 더 일어나기 쉬운 위험한 상태였기 때문에, 자연스럽게 내가 먼저 만남을 피하거나 일부러 만나지 않았던 것이다.

제멋대로인 천성도 한몫해서 나를 동굴에 사는 신선처럼 만들었다. 사람과 사람의 교제라고 하는 건 결국 서로가 자신의 자아를 억누르고, 이해관계에 있어서는 타협할 수 있을 때 성립되는 법이다. 그런데 나처럼 제멋대로인 사람은 자신을 억누를 수도 없는데다가 이해관계에서도 타협을 극도로 꺼려해서 결국 혼자서 고독하게 지내는 것 말고는 다른 방법이 없었다. 쇼펜하우어의 철학은 이런 점에서 우리들의 심리를 잘 파악하고 있었는데, 고독한 사람들에게 위로의 말을 해주고 있다. 쇼펜하우어가 말하고자 하는 건 시인이나 철학자와 같은 천재들에게는 고독이 숙명처럼 자리 잡고 있다는 것이다. 그거야말로 그들이 일반 사람들과 달리 귀족적이면서 최고의 종족에 속한다는 증거일지도 모른다.

하지만 고독하다는 건 누가 뭐라 해도 외로운 길이고

믿을 만한 곳이 어디에도 없다는 말이다. 인간은 원래 사교적인 동물이다. 사람은 고독하면 할수록 매일 밤 잔치를 벌이는 꿈을 꾸고 사람들이 모여 있는 곳을 걸어 다니고 싶어 한다. 고독한 사람은 어쩌면 떠들기 좋아하는 사람일지도 모른다. 그리고 보들레르가 말한 대로 나 역시 혼잡한 도시를 서성거리거나 반응도 없는 독자를 상대로 아무 도움도 안 되는 혼잣말을 지껄인다.

시내에 나갈 때도, 술을 마실 때도, 여자들과 놀 때도 나는 항상 혼자였다. 친구와 함께 있는 경우가 극히 드물었다고 할 수 있다. 대부분의 사람들은 누군가와 함께 있는 것을 즐거워한다. 하지만 나는 특이해서 그런지 혼자만의 자유를 원했고 내 마음대로 하는 걸 즐겼다. 하지만 그런 만큼 친구가 그리웠고 또 어쩌다가 그리운 친구를 만나면 마치 연인이라도 만난 것처럼 행복하고 헤어지기가 싫었다.

"고독한 사람은 오랜만에 친구를 만나면 마치 축제라도 열린 것처럼 기뻐한다."

니체의 이 말은 진리다. 잘 생각해 보면 나도 결코 사람들과 어울리는 게 싫은 건 아니었다. 그저 사람들이 나의 이상한 성격을 이해해 주지 않으니까 자신을 꾸미거나 경계해 버리는 것이다. 끊임없이 신경을 써야 하니까 만남 그 자체가 번거롭고 답답하게 느껴졌다. 나도 내가 원해서 동굴 속에 서식하고 있는 건 아니다. 오히려 고독을 강요받고 있었다.

　내 성격을 이렇게 만든 또 하나의 원인은 집안 환경이다. 의사라는 직업 때문에 아버지는 환자 이외의 손님을 번거롭게 여기셨다. 아버지는 사람을 만날 때면 항상 서양식으로 클럽에서만 만나셨다. 게다가 우리 집안 사람들은 손님들이 오는 걸 반가워하지 않았다. 특히 나를 만나러 오는 손님들을 싫어했는데 그들 대부분이 단정치 못한 옷차림에 머리가 산발인 채로 시골에서 올라온 문학청년들이었기 때문이다. 격식을 갖춘 당당한 의사 집안에 부랑자나 무슨무슨 주의자 같은 사람들이 들락거리는 걸, 남들의 눈을 의식하는 아버지가 싫어하시는 건 당연했다. 그래서 나는 청년들이 올 때마다 뒷문으로 몰래 들어오게 했다. 그리고 집안사람들을 신경 쓰면서 그들과 대화를 나눠야만 했다. 손님과 가족 양쪽의 눈치를 봐야하는 게 너무 힘들었다. 그래서 나는 자연스레 친구 만나는 것을 피하고 고독하게 사는 걸 즐기는 환경에 적응해 버린 것이다.

이러한 환경에서 자란 나는 집에서 손님들과 이야기를 하기보다 상대방 집에 찾아가서 대화를 나누는 걸 선호했다. 나는 예민하고 빨리 피곤해지는 편이었기 때문에, 마음이 맞는 친구라면 상관없지만 그렇지 않은 손님과 이야기하면 금세 피로감이 쌓여서 앉아 있는 것조차 힘들어진다. 더구나 그런 상황을 숨기고 손님들과 대화해야만 하는 것이다. 내가 직접 방문하는 경우라면 언제든지 그 집에서 나올 수가 있다. 그런데 이런 '나올 수 있는 권리'가 나한테 없고 상대의 손안에 있다는 사실만큼 나를 화나게 하는 일도 없다.

대체로 사교적인 사람들은 말을 많이 하고 자기 자신한테 흥미를 갖고 있다. 이런 사람은 끊임없이 떠들지 않으면 외로워지는 법이다. 반대로 고독한 습관을 지닌 사람은 아무 말 없이 명상에 잠기는 걸 즐긴다. 서양인과 동양인을 비교하면 대개 우리 동양인은 비사교적이고 명상을 잘하는 편이라고 할 수 있다.

고독이라는 습관은 일반적으로 동양인의 기질일지도

모른다. 깊은 산속에 혼자 사는 신선이라는 존재에 대해 서양 사람들은 모를 것이다. 아무튼, 나는 쓸모없는 잡담을 싫어했기 때문에 가능한 한 사람들과의 교제를 피하고 혼자 있는 시간을 많이 가졌다. 가장 곤란한 건 마음이 통하지도 않는 잘 모르는 사람이 방문하는 경우였다. 용건이 있어서 찾아오는 건 그나마 다행이었지만, 지방의 문학청년들이 무턱대고 찾아오곤 했는데 그건 정말 곤란했다. 나는 대화의 소재도 적은 편인 데다, 내 주관적인 관점에서 흥미롭다고 생각한 것 외에는 도무지 대화를 할 수 없는 기질을 갖고 있었다. 그래서 상대가 먼저 화젯거리를 들고 오지 않는 이상 몇 시간이고 잠자코 있을 수밖에 없었다. 손님 쪽에서 말을 안 하면 결국 서로 노려보기만 할 뿐이다. 그건 굉장히 괴로운 일이다. 그래서 엉덩이가 무거운 손님과 마주 앉아 있는 건 나에게 정말이지 고문과 같은 일이었다.

그런데 습관이 되어버린 나의 고독이 최근에 많이 바뀌었다. 우선 몸이 예전보다 건강해졌고 신경이 조금 느슨하고 무뎌졌다. 청년 시절에 나를 굉장히 괴롭혔던 병적인 감각이나 강박 관념이 나이를 먹으면서 점차 그 정도가 약해진 것이다. 지금은 사람이 많이 모인 곳에 나가도 갑자기 다른 사람의 머리를 쥐어박거나 독설을 퍼부으려는 충동 때문에 고민하는 일도 거의 사라졌다. 따라서 사람을 대하는 것도 수월해졌고, 밝은 기분으로 담소를 나눌 수 있게 되었다. 일상생활이 여유롭고 평화로워졌다. 하지만 그 대신 내가 쓰는 시가 나이와 더불어 아주 졸렬해져 버렸다. 여하튼 나는 점차 세속에 사는 평범한 사람으로 변모하고 있는 중이다. 이게 한탄할 일인지 축복할 만한 일인지는 잘 모르겠다.

게다가 최근에는 집안 사정도 많이 달라졌다. 나는 몇 년 전 아내와 이혼했고 아버지는 돌아가셨다. 아이들과 어머니만 남았지만, 지금은 예전에 비해 훨씬 더 자유롭고 여유가 생겼다. 적어도 가정이 복잡해서 짜증스러웠던 기분이 한 번에 싹 사라졌다. 예전과 달리 새로운 친구도 사귈 정도로 성격이 밝아졌다. 손님들과 이야기를 나누는 것도 예전처럼 괴롭지 않았고 때로는 환영할 정도이다.

니체는 독서를 '휴식'이라고 했는데, 지금의 나에게는 사람과의 만남이 분명히 하나의 '휴식'이 되었다. 다른 사람들과 이야기를 하는 동안은 아무 생각도 들지 않고 유쾌하게 있을 수 있기 때문이다.

담배나 술처럼, 사람들과의 교제도 하나의 '습관'이라고 생각한다. 그런 습관을 들이지 않으면 번거롭고 꺼림칙하지만, 일단 습관이 되면 그것 없이는 생활할 수 없을 만큼 일상이 되어 버린다. 요즘 나한테도 그런 습관이 붙은 것 같다. 사람들과 만나지 않는 날에는 오히려 외롭다는 생각이 든다. 우리에게 담배가 꼭 필요하지 않은 것처럼, 교제도 인생에서 꼭 필요한 것은 아니다. 하지만 많은 사람들이 담배를 습관적으로 피우고 그게 필수품이듯, 교제 또한 습관적으로 필요한 것이다.

　"고독은 천재들의 특권이다."라고 말한 쇼펜하우어조차 매일 밤 부인을 상대로 떠들어 댔다고 한다. 우리 인간이 고독한 생활을 진정으로 받아들일 수 있을까? 친구가 없으면 사람은 개나 새하고 이야기한다. 사람이 고독한 것은 주변에서 자신을 이해해 주는 사람이 없기 때문이다. 천재가 고독한 것은 그 시대에 그를 이해하는 사람이 없다는 의미이다. 즉, 고독은 천재의 '특권'이 아니라 '비극'이다.

　아무튼, 나는 최근에 습관이 되어버린 나의 고독을 어느 정도 치료할 수 있었다. 그리고 심리적, 생리적으로도 점차 건강을 회복했다. 미네르바*의 올빼미는 이제 어두운 동굴에서 나와 백야를 날 수 있는 것이다. 나는 그런 희망을 꿈꾸며 삶을 즐기고 있다.

하기와라 사쿠타로(萩原朔太郎, 1886~1942), 시인

번역 박은정

---

* 로마신화에 나오는 지혜와 무용의 여신.

자신감에 대해서

미야모토 유리코

    우리 주변에서는 자신이 있다 혹은 없다는 표현을 자주 사용한다. 그리고 요즘 의식이 있다는 젊은 여성들도 아무 생각 없이 자신감이 없다고 혼자 괴로워하는 경우가 많은 것 같다. 왜 그런 걸까?

    그 이유 중 하나가 여성 교육이 어떤 의미에서는 철저하지 못했기 때문이라고 생각한다. 어설프게 전문학교를 나왔다는 게 오히려 현실에서는 여성들을 더 움츠러들게 만드는 것이다. 이것은 심각한 문제이고 우리 여성 문화의 실상을 되돌아보게 하는 계기가 되고 있다.

    하지만 자신감에 대해서 생각해 보면, 그게 우리의 삶에 실제로 어떠한 영향을 미치고 있을까? 자신이 없다는 말은, 어떤 일을 하면서 그게 꼭 이루어진다고 스스로에게 확신을 줄 수 없는 경우를 말한다. 이루어 낼 수 있다고 분명하게 말할 수 없기에 시도조차 할 수 없는 것이다. 그럴 때 사용하는 표현이다. 하지만 자신감이라는 게 그렇게 결과를 나타낼 때만 사용할 수 있는 말인가? 성공할 수 있는 자신감이라는 말 외에 우리의 자신감은 의미가 없다는 말인가?

　나는 오히려 어떤 행동의 동기야말로 자신감의 유무를 결정한다고 생각한다. 뭔가를 시도해 보려는 우리의 본심이 어쩔 수 없는 힘에 눌려 버린 것뿐이라면, 이런 자신감이야말로 성공과 실패라는 결과에 상관없이 최선을 다해서 도전하는 용기를 가져야 한다고 생각한다. 게다가 성공하면 성공에 대한 과정의 자신감을, 실패했을 땐 다시 실패하지 않을 거라는 자신감을 배운다면 우리는 더욱 풍요로운 인생을 만들어 나갈 수 있을 것이다. 행동의 동기와 성실함에 마음의 기반을 두는 게 아니라, 오히려 하루하루 새로운 발걸음을 옮겨야 하는 청춘에 대해 자신감을 얻을 수 있어야 한다.

미야모토 유리코(宮本百合子, 1899~1951), 소설가, 평론가
번역 박은정

세상을 바라보는 시선

분만실에서

요사노 아키코

　히나마쓰리* 밤에 남자아이를 출산하였습니다. 계속 분만실에 틀어박혀 있는 저에게 의사는 글 쓰는 것도, 책 읽는 것도 금지시켰습니다. 하지만 평소 바쁘게 지내다가 이렇게 조용히 누워 있으니 혼자 여행 와서 느긋하게 온천물에 몸을 담그고 있는 듯한 기분도 들고, 또 평소와는 달리 이런저런 생각이 떠올라 몰래 글을 좀 써보려고 합니다.

　임산부의 고민, 출산의 고통, 이런 걸 남자들은 도저히

---

* 매년 3월 3일에 여자아이의 행복을 기원하는 전통 행사.

알 수 없을 거라 생각합니다. 여자는 사랑을 할 때도 목숨을 겁니다. 하지만 남자는 꼭 그렇지만은 않습니다. 사랑에 빠진 남자가 어쩌다가 목숨을 거는 경우가 있긴 해도 출산처럼 목숨이 왔다 갔다 하는 일과 남자는 아무 관계도 없고 또 아무런 도움도 되지 않습니다. 이건 여자들만 짊어진 역할입니다. 국가가 중요하다느니 학문이 어떻다느니 전쟁이 어떻다느니 해도 인간을 낳는 여자의 중대한 역할보다 더 대단하지는 않을 겁니다. 예로부터 여자는 힘든 역할을 떠맡아서 이렇게 목숨을 건 부담을 감수하고 있는데도, 남자들이 만든 경전이나 도덕, 국법에서 여자들을 죄 많은 사람, 열등한 약자로 다루는 건 무슨 까닭일까요. 설령 어떤 죄나 결점이 있다 해도 부처님, 예수님 같은 성인을 비롯하여 역사 속의 무수한 영웅과 석학을 낳은 공적은 대단하지 않나요. 그것만으로도 다른 모든 게 용서될 거라 생각합니다.

솔직히 말하면 아이가 나올 때가 되어 극심한 진통이 닥칠 때마다 남자가 미워집니다. 아내가 이렇게 생사의 갈림길에서 진땀을 흘리며 온몸의 뼈가 다 부서질 듯한 고통으로 신음하고 있는데도 남편이란 사람은 아무런 도움도 안 되니 말이에요. 세상 어떤 남자가 온다 해도 진정한 내 편이 되어 줄 사람은 없습니다. 목숨이 걸린 상황에서도 진정한 내 편이 되지 못하는 남자, 그들은 태초부터 여자의 적이 아니었을까, 평소에 보여 주던 사랑과 애정도 전부 여자를 배신하기 위한 가면이었던 건가, 이런 생각에 빠져서 그저 남자가 미워지는 겁니다.

하지만 아이가 태어나고 첫울음 소리를 들으면 어머나, 내가 세상의 어떤 남자도 해내지 못한 큰 공적을 세웠구나, 여자의 역할을 훌륭히 해냈구나, 마야부인과 마리아도 이렇게 석가와 예수를 낳았겠구나, 이런 생각이 들면서 더없는 환희 속에서 몸과 마음이 녹아버립니다. 그때쯤이면 진통도 가라앉으니 뒷일은 산파에게 맡기고 밀려오는 졸음에 기분 좋게 몸을 맡깁니다. 물론 남자가 밉다는 생각 따위는 아이가 태어나는 순간 다 잊어버리고 이 세상 누구보다 큰 공적을 세웠다는 만족감에 아무리 미운 사람이라도 용서할 수 있을 것 같은 기분에 빠져듭니다.

요즘 소설가, 평론가 선생님들이 벼랑 끝에 몰린 절박한 인생에 대해 얘기하시는데, 세상 남자들이 과연 산모처럼 목숨을 내건 큰일을 경험하는 건지 그게 우리 여자들 입장에서는 상상이 안 갑니다. 벼랑 끝에 몰린 절박한 인생이라면 '사형 집행 5분 전'이 딱 맞을 텐데, 임산부는 이 '사형 집행 5분 전'에 계속 직면해 있습니다. 십자가 위에서 새로운 인간의 세계를 창조하는 건 항상 여자입니다. 다야마 가타이 선생님이 최근 《여자문단》에서 "남자에게 여자는 항상 수수께끼다."라고 말한 건 이해가 갑니다. 하지만 "남자와 여자는 생식의 길을 제외하고는 도저히 교섭이 불가능한 게 아닐까."라는 말은 제가 앞에서 '남자가 밉다'고 했던 이유를 확인시켜 주는, 남자의 무정함을 보여 주는 부분입니다. 현실을 객관화하는 이성이 발달했다고 해서 인생에서 여성의 진정한 가치를 제대로 밝힐 수 있는 건 아닙니다.

여성이 없다면 어떻게 인생이 성립하겠어요. 어떻게 남자가 존재할 수 있겠어요. 이렇게 분명한 사실 앞에서 남녀의 교섭이 얼마나 절실하고 전체적인지는 말할 필요도 없습니다. '생식의 길을 제외하고는 도저히 교섭이 불가능한 게 아닐까'라고 하는 건 생식의 길에만 흥미를 보이는 오늘날 일부 문학자들의 비뚤어진 생각은 아닐까요.

저는 남자와 여자를 엄격히 구별해서 여자가 특별히 뛰어나다고 주장하려는 게 아닙니다. 똑같은 인간입니다. 그저 서로 협력하며 지내는 가운데 자신에게 맞는 일을 하게 되는 것이니, 아이를 낳으니까 저속하다느니 전쟁에 나가니까 위대하다느니 그런 편견을 남자나 여자나 갖지 않았으면 합니다. 왜 여자만 약자인가요. 남자도 꽤나 약한 존재입니다. 일본에는 남자 거지가 더 많다는 통계도 있습니다. 왜 남자만 훌륭한가요. 여자는 아이도 낳고 남자만큼의 노동도 하고 있습니다.

보통 사람들은 그렇다 쳐도 새로운 문학을 한다는 자들이 여자를 약자 취급하고 노리갯감으로 삼으면서 대등한 '인간'으로서의 가치를 인정하지 않습니다. 그들의 사고방식은 아직도 낡은 사상에 얽매여 있거나, 혹은 먼 옛날 야만적인 시대의 짐승 같은 성질을 부활시키려는 것인데 어느 쪽이든 진정한 문명인의 사상에 도달하지 못한 거라고 생각합니다.

여자가 남자를 경멸할 이유가 없듯이 남자가 여자를 경멸할 이유도 없습니다. 부처가 여자의 오른쪽 옆구리에서 태어났다느니, 성령으로 예수를 낳았다느니, 태양을 삼키고 히데요시를 낳았다는 이야기는 여자를 얕보는 사고방식에서 나온 남자의 기록일 겁니다. 하지만 그것이 오히려 여자를 위대하게 만드는 결과를 낳았습니다. 태양이나 성령으로 잉태하고 옆구리에서 아이를 낳는 기적은 남자에게는 도저히 불가능한 재주가 아닙니까.

여자들이 동맹하여 아이 낳는 걸 거부한다면 어떨까요. 또 문학자나 신문 기자에게 여성에 대한 글을 쓰지 말라고 요구한다면 어떨까요. 그게 받아들여지지 않을 시에는 소설과 신문을 아예 읽지 않겠다고 하면 어떻게 될까요. 그런 극단적인 경우가 아니더라도 하녀가 부엌에서 실수로 음식에 독약을 넣으면 남자는 비참한 최후를 맞이하게 되겠죠. 남자가 여자와 서로 돕고 존경하는 일을 잊어버리는 건 결코 명예로운 일이 아닙니다. 적어도 진보한 문학자라면 '인간'으로서 대등하게 여자의 가치를 인정해 주셨으면 합니다.

그렇다고 무조건 여자를 숭배하는 소설이 나오길 바라는 건 아닙니다. 세상을 비추는 것이 소설이라고 한다면 여자의 약점과 장점을 공평하게 다루어 주길 바랍니다. 고의로 약점만을 들추는 불성실한 태도, 태도라기보다는 그런 작가의 인격을 개선해주기 바랍니다. 약점이라고 해도 깊이 파고들어 관찰하지 않으면 그게 모두 남자들이 멋대로 만든 거짓이라는 걸 알 수 없습니다. 그렇기 때문에 여자의 추한 면을 제대로 끄집어내기가 힘듭니다.

　예전 소설에는 여자의 아름다운 면들이 잔뜩 적혀 있는데 우리 여자들이 보기엔 그게 가식적인 약점인데도 남자들은 장점이라고 오해하는 경우가 있습니다. 그걸 읽고 여자는, 이렇게 하면 남자의 마음에 들 거라 생각하고 가식적으로 행동하면서, 속으로는 남자를 얕보는 일도 적지 않다고 생각합니다. 이와 반대로 조그마한 약점을 잡아서 여자의 성격이 죄다 그런 것처럼 쓰는 최근의 소설을 보면 더 마음에 안 듭니다. 무조건 여자 앞이라면 사족을 못 쓰는 예전의 소설, 외국소설 같은 데서 힌트를 얻어 쓴 최근의 소설, 둘 다 세상의 진실과는 거리가 멉니다. 저는 공상이나 상상으로 그럴듯하게 쓴 작품도 굉장히 좋아하지만 깊고 세밀하게 관찰하여 인간의 참모습을 그려낸 소설도 읽어 보고 싶습니다. 거짓말로 이루어진 소설은 좋아하지 않습니다. 예를 들면 여자를 지나치게 육체적인 인물로 편향되게 그린 소설이 있습니다. 가끔은 그런 병적인 여성도 있겠지만 다 그런 건 아닙니다. 여성이 아니고는 좀처럼 알 수 없는 일이라 남성이 쓴 것만 봐서는 믿을 수가 없습니다. 남자가 여자를 이해하지 못하는 건 아니겠지만 부분적으로 여자가 아니면 알 수 없는 점이 있을 겁니다. 여자가 남자를 볼 때도 마찬가지로 이해하기 힘든 부분이 있습니다. 아빠도 엄마처럼 아이를 사랑한다는 그 마음을 이해하기 어렵습니다. 여자는 임신했을 때부터 아이로 인해 고통을 겪습니다. 뱃속에서 아기가 움직이기 시작하면 엄마는 신기해하면서 친근함을 느낍니다. 분만할 때는 목숨을 걸고 자신의 몸의 일부를 나눠준다는 기분을 절실하게 느낍니다. 태어난 아기는 바다 밑에서 캐 온 진주 같다고나 할까요. 그 어디에 비할 수 없을 만큼 사랑스럽습니다. 남자는 정신적으로나 육체적으로 아이와 이런 관계가 전혀 없는데, 어째서 아이가 사랑스럽다는 걸까요.

또 소설을 읽어봐도 가타이 선생님의 「이불」에서 더러운 이불을 뒤집어쓰고 울고 있는 주인공 남자의 마음이 도무지 이해가 안 됩니다. 그런 소설을 읽으면 육감적, 동물적이라는 말은 여성이 아니라 남성에게 어울린다는 생각이 듭니다. 여자가 보기에 남자는 여러 가지 일에 관여하면서 그 바쁜 와중에도 끊임없이 매춘부와 접촉합니다. 세상 남자 가운데 여자와 관계하지 않고 생을 마감하는 사람은 거의 없을 겁니다. 여자는 스무 살 이전이나 어머니가 된 이후로는 그런 욕망이 없는 사람도 있다는 데 말입니다. 요즘 남성 문학자 가운데는 중년의 사랑 같은 게 유행하고 있습니다. 미성년 남자부터 예순, 일흔의 남자까지 젊은 여자를 농락하는 일이 수두룩합니다.

병적인 여성의 드문 예를 들어 모든 여자가 육감적이라고 단언할 수 없듯이 남자도 죄다 동물적이라고 말할 수는 없을 겁니다. 「이불」의 주인공은 병적인 남자의 드문 예라고 할 수 있습니다. 대체로 남녀의 구별이라는 게 이제까진 너무 겉으로 드러나는 일부분만을 표준으로 삼아 온 건 아닐까요. 세상에는 여자 같은 생김새, 피부, 말투, 기질, 감정을 가진 남자가 있고 또 남자 같은 성향을 지닌 여자도 있습니다. 아이를 키워낼 기능을 갖춘 남자가 있는가 하면 문학자, 교사, 농부, 철학자가 될 만한 기량을 갖춘 여자도 아주 많습니다. 여러 이론과 다양한 실험으로 조사해 본다면 남녀 구별의 기준을 생식의 측면으로만 판단하는 건 잘못된 일인지도 모릅니다. 그렇다면 남녀 중 한쪽만 육감적이라는 판단도 틀린 겁니다. 육감적인 사람은 남녀 양쪽에 다 있을 거고, 인간은 대부분 어느 정도는 육감적이라는 결론에 이를지도 모릅니다. 이론과 실제의 관찰을 통해 그러한 측면까지 소설에 쓰지 않으면 진보했다고 말할 수는 없겠지요.

남자 작가는 진정한 여자의 모습을 쓸 수 없다는 얘기가 있는데 과연 어떨까요. 앞서 말한 대로 여자에겐 여자가 아니면 이해할 수 없는 점이 어느 정도 있겠지만 같은 '인간'인 여자의 대부분을 남자가 이해하지 못할 리는 없겠죠. 보통 남자라면 몰라도 예리한 관찰력과 감수성으로 통찰하는 문학자 아닙니까. 문학을 하는 사람이라면 여자가 아니면 알 수 없는 점까지도 알 수 있으리라 생각합니다. 죄인이 되어 봐야만 죄인의 마음을 이해할 수 있다면 문학자도 별 볼 일 없는 존재가 되겠죠. 사막의 개는 팔백여 미터 떨어진 곳에 있는 사람 냄새까지 맡는다고 합니다.

여성 작가는 여성의 참모습을 제대로 그려낼 수 있을까 생각해 보면, 지금까지 국내 여성 작가의 글에는 그런 모습이 아직 보이지 않습니다. 남자에 대해선 남자가 잘 쓸 거라는 건 말할 필요도 없지만, 여자가 남자를 묘사하는 건 아직 부족합니다. 히구치 이치요 씨 소설 속 남자가 그 예인데, 여자가 그린 여자도 대체로 거짓 여자, 남자 독자들의 마음에 들 법한 여자가 아닌가 생각합니다. 이치요 씨가 그려낸 여자를 남자들이 굉장히 좋아했던 건 물론 뛰어난 필력 덕분이겠지만, 어느 정도 예술로 다져진 여자가 썼기 때문일 겁니다.

여자는 아주 오래전부터 남자를 대할 때 가식이 필요하다고 여겨 어느 정도 겉모습을 꾸며 왔습니다. 그래서 자신의 아름다운 점이나 추한 면을 모두 숨기고 되도록 남자의 마음에 들기 위해 남자가 좋아할 만한 행동을 하는 경우가 있을 거라 생각합니다. 여자의 행동 가운데 절반이 모방이라고 하는데 그건 결코 여자의 본성이 아닙니다. 오랫동안 자신의 모습을 숨기려고 했던 습관이 또 하나의 성격처럼 되어 버린 것입니다. 문학 작품을 쓸 때도 여자는 남자의 작품을 본보기로 삼아 남자의 마음에 들 만한 것, 남자의 눈에 비친 걸 쓰려고 합니다. 여자는 남자처럼 자신의 능력을 발휘하는 걸 꺼려하기 때문에 여자가 바라보는 참된 세상이나 진정한 여자의 모습이 작품 속에 나오지 않습니다. 이것을 오해해서 여자는 객관 묘사가 불가능해서 소설을 쓸 수 없다고 말하는 사람이 있습니다.

그러나 에도시대부터 오늘날 메이지시대에 여성 작가가 나오지 않을 뿐, 그 이전인 헤이안 왕조 이후의 문학에서는 남성이 여성의 소설을 모방하고 거기에 미치지 못

하는 걸 부끄러워했습니다. 재능이 뛰어난 여자가 능력을 마음껏 발휘한다면 『겐지모노가타리』와 같은 정교한 작품이 또다시 나오지 말라는 법은 없습니다. 무라사키 시키부가 그린 여성은 모두 당시의 모습 그대로일 것 같은데 여자가 봐도 재미있습니다. 여자의 추한 점도 꽤 많이 나옵니다. 그렇다 해도 여자의 어두운 면을 『조몬주』나 『곤자쿠모노가타리』처럼 노골적으로 쓰지 않은 건 당시 본보기로 삼았던 중국문학에 그런 종류의 작품이 없었던 탓도 있겠지만, 한편으론 남자에게 여자의 추한 면을 보여 주지 않으려는 가식적인 마음, 후세의 도덕가들의 말을 빌리자면 정숙한 마음 때문일 겁니다.

무라사키 시키부가 여자의 모습은 훌륭하게 그려냈지만 남자에 대해서는 그에 미치지 못합니다. 히카루 겐지는 너무 이상적인 인물이라 당시의 역사를 읽은 사람이라면 이런 남자가 존재할 거라고는 믿지 않을 겁니다. 옛날부터 남자에 대해 쓰는 게 여자에겐 힘들었던 거겠죠. 지카마쓰가 그린 여성 중에서 오타네나 오사이, 고하루와 오상 등은 여자가 읽어도 수긍이 가지만 정조나 충절에 집착하는 여자는 인형처럼 보입니다.

앞으로 여성 소설가가 성공하기 위한 최고의 방법은

남성 소설의 모방을 그만두고, 여자답게 보이려는 가식도 내던지는 것입니다. 또한 자신의 감정을 단련할 뿐만 아니라 날카로운 관찰력으로 여자의 마음을 기탄없이 사실대로 표현해야 합니다.

여성 작가가 이런 태도로 글을 쓰면 여성의 참모습을 끄집어낼 수 있으니까 여자의 아름다움이나 있는 그대로의 모습을 남자들이 잘 알게 되겠지요. 이렇게 하면 여자도 소설을 쓸 수 있을 거라 믿습니다. 여자는 어두운 면이 아주 많고 좌중의 흥을 깨는 일도 많습니다. 이런 걸 여자가 거리낌 없이 쓰면 풍속을 어지럽힌다고 생각하는 사람도 있을 겁니다. 하지만 여자도 사람입니다. 남자와 크게 다르지도, 뒤떨어지지도 않은 존재입니다. 어쩌면 아름다운 면이 남자보다 많고 추한 면은 남자보다 적을지도 모릅니다. 여자뿐만 아니라 남자도 아직까지 상당히 추한 모습을 숨기고 있는 건 아닐까요.

『고지키』*의 여성 시인이나 오노노 고마치, 세이쇼 나곤, 이즈미 시키부 등이 쓴 글을 보면 뚜렷한 여자의 주관과 섬세한 감정을 느낄 수 있습니다. 여기엔 비교적 가

---

* 일본에서 가장 오래된 역사서.

식 없는 진솔한 여성의 감정이 드러나 있습니다. 소설가 뿐만 아니라 시인 가운데에서도 새로운 여성이 등장하기를 기원합니다.

요사노 아키코(与謝野晶子, 1878~1942), 시인, 사상가

번역 안영신

발 없는 남자와 목 없는 남자

사카구치 안고

예전에 기묘한 병원이 하나 있었다. 이 병원은 주로 임질 환자들이 열요법 치료를 받기 위해 다니고 있었다. 말하자면 탱크 안에 사람을 내던져 놓고 목만 내놓게 해서 전신을 삶아 버리는 것이다. 한번은 나카무라 지혜의 제자인 일본대학 예술학과 학생이 이곳에 와서 탱크 안에 들어가 누웠다. 5분 정도 열요법을 받더니 그는 비명을 지르며 "나 죽는다."고 꺼내 달라고 소리쳤다.

"지금 나가면 병을 고칠 수 없어요."

"죽을 것 같아요. 낫지 않아도 좋으니까 꺼내 주세요."
라고 말하며 떼굴떼굴 구르다 도망을 갔다는 이야기가 있다.

어느 날 탱크 안에서 버티다 나오면 맥주 한 병을 마시게 해 준다고 했다. 그런 달콤한 제안에 귀가 솔깃해지긴 하겠지만, 맥주 맛에 홀려 다음날에도 탱크 안으로 들어가려는 의지 강건한 대장부는 아마 많지 않았을 것이다. 이 탱크에 들어가서 참배하며 무사히 병마를 퇴치할 정도의 사람이라면, 훗날 틀림없이 인생의 온갖 병마를 다 퇴치할 수 있을 것이다.

　　이렇게 이상한 병원이었기에 거기에서 일하는 사람들도 예사롭지가 않았다. 오래전 이곳에는 스기야마 히데키와 고리야마 지후유라는 두 명의 직원이 있었다. 그나마 그들이 의사가 아닌 게 아무것도 모르는 환자들에게는 다행스러운 일이었다. 이 두 인물은 천하에 보기 드문 경박한 자들이었다. 의사가 없을 때면 그럴싸하게 흰 가운을 입고 환자를 탱크에 집어넣고 목까지 비틀어 대며 재미있어 하곤 했다. 환자를 반죽음으로 몰아갈지도 모르는 상황이어서 이들이 여기에 근무하고 있다는 건 미친놈이 병원 원장으로 있는 것과 다를 바 없었다. 그리고 두 사람은 굉장히 사이가 나빴다. 견원지간 같아서 무슨 일이라도 생기면 보통 사람의 열 배 정도는 입만 살아 나불대며 떠들어 댔다. 쓰레기장에서 주워왔는가 싶을 법한 온갖 욕설과 천박한 말을 뒤에서 서로 지껄이고 다녔던 것이다.

두 사람 사이가 나쁜 것은 지극히 당연했다. 스기야마 히데키 선생은 『발작의 세계』라는 대저술을 남겼는데 조금 읽어보면 굉장히 재미있는 것 같지만, 잘 읽어보면 무슨 말인지 도무지 알 수 없다. 아마 스기야마 자신도 세 줄 중 한 줄 정도만 재미있으면 된다고 생각하며 썼을 것이다. 독자들한테는 이 정도로 충분하다고 기세 좋게 마구 써 내려갔을 게 분명하다. 여하튼 그는 타고난 허풍쟁이다. 무슨 일이든 모른다고 말하는 걸 들어본 적이 없다. 사람들이 무슨 이야기라도 하고 있으면,

"음, 그건 말이야."

라면서 끼어든다. 뭐든지 다 알고 있는 척했다. 그리고 너무도 그럴듯하게 사실처럼 말하고, 때로는 적당히 문헌들도 언급하면서 의심할 수 없도록 근거를 대며 논리적으로 말하곤 했다. 그런데, 이게 다 거짓말인 데다가 엉터리였다. 언급한 문헌도 죄다 말도 안 되는 거였다. 책 이름 정도는 맞겠지만 그 책에는 그가 말한 내용이 전혀 없었다. 하지만 그가 말을 하면 진실보다도 더 진실에 가까울 정도로 그럴듯하게 들린다. 자기는 어디든 여행을 떠

날 수 있고 누구와도 친구가 될 수 있다고 말한다. 하지만 이것도 죄다 거짓말이었다. 또 잘 모르는 사람에 대해서도 친구처럼 자세하게 묘사하면서 가정생활이나 인간관계, 에피소드 등을 아주 눈앞에서 보는 것처럼 생생하게 그려냈다. 하지만 모두 그때그때 생각해 낸 그의 순간적인 이미지에 지나지 않았다.

내가 크리스천 문헌을 구하지 못해서 곤란을 겪고 있던 어느 날의 일이었다. 그를 만나 사정을 얘기했더니 그 문헌이라면 어느 성당에 있는데, 프랑스 신부가 자신의 친구라고 했다. 얼마 전에도 만났었고 무슨 이야기를 했다는 둥 물 흐르듯 말하기에, 참 다행이라고 생각하고 당장이라도 찾아가서 책을 빌리고 싶으니까 신부님 좀 소개해 달라고 부탁했다. "음, 근데 말이야." 하면서 조금 곤란하다는 듯이, 지금은 그 책이 성당에 없다고 했다.

"왜냐, 왜냐하면 말이야, 현재 다른 사람이 빌려갔는데, 그 사람이 왜 빌려갔냐 하면, 여기에는 다음과 같은 재미있는 사정이 있어서 말이야......"

물론 그 신부하고 아는 사이일 리가 없다.

다리가 없는 유령. 그는 다리가 없는 히도츠메 뉴도* 같은 사람이다. 쇠몽둥이를 가지고 있지만, 이 몽둥이 끝도 유령 같아서 실재하지 않는다. 딱 하고 사람을 치면 상대가 맞아도 타격감 없이 바람만 날릴 뿐이었다. 쇠몽둥이 끝이 투명해서 손잡이만 휘두르게 되는 꼴이다. 상대는 멍하니 있을 뿐 눈도 돌아가지 않는다. 그의 문학적인 논법이 대체로 그러했다.

한편 또 다른 사람인 고리야마 지후유 선생은 다리 쪽에 기다란 털이 잔뜩 나 있는데, 그 털 많은 정강이로 일 년 내내 뒹굴뒹굴 거리며 시끄럽게 지구를 휘젓고 돌아다닌다. 그는 목에서 윗부분이 사라져 없는 것이다. 술고래여서 목이 없으면 곤란하겠지만, 그는 배꼽으로 마신다. 그리고 그 배꼽에서 시도 때도 없이 시끄러울 정도로 왁자지껄 너저분하게 마구 떠들어 댄다.

고리야마 지후유의 목소리는 굉장히 독특했다. 데키야**의 쉰 소리와 같은 소리가 난다. 두꺼운 납으로 도금한 풀무를 부는 듯한 목소리였다. 고라쿠엔 구장에서 가장 껄끄러운 목소리로 초등학교 1학년 아이처럼 시끄럽게 소리치거나 박수를 치며 산만하게 구경을 하는 자가

---

* 눈이 하나 밖에 없는 중의 모습을 한 요괴.
** 사람들이 많은 곳에서 노점이나 포장마차를 하는 업자들.

있다면 바로 그 사람이 고리야마 지후유일 것이다. 그런데 이 남자가 매일 프로야구만 보고 있느냐 하면 그렇지도 않다. 만담을 보기도 하고 야스키부시*의 오두막에서 기합 소리를 낼 때도 있다. 나니와부시**든 리뷰***든, 행실이 좋지 않은 구경꾼이 제멋대로 날뛰는 곳이라면 어디서든 이 남자의 모습을 찾을 수 있을 것이다. 그런 사람들 중에서도 가장 제멋대로 날뛰며 행실이 아주 나쁜 축에 속했다. 작은 남자가 산만하게 까불며 떠들어대는 통에, 초등학교 아이인가 하는 생각도 들겠지만 그래도 어른이라고 목소리는 정글 소리를 낸다. 사람들이 그를 보르네오 사람 같다고 해서 그런지 요즘에는 콧수염까지 기르고 있다.

그는 열요법 병원을 그만두고 아사쿠사의 야스키부시 전속 작가가 되었다. 정말이지 이런 곳에도 각본가가 필요하다는 사실을 처음 알았다. 기가 센 누님들을 위해 굉장히 열정을 기울여 각본을 써주고 있었다.

---

* 술자리에서 시끄럽게 부르는 시마네 현의 민요.
** 샤미센을 반주로 의리나 인정에 대해 노래를 하는 대중적인 창가.
*** 노래와 춤 중심의 연극. 화려한 장치, 의상이나 군무 등 오락적 요소가 가미된 무대 예능.

그런 와중에 전쟁이 걷잡을 수 없이 격렬해지자 야스키부시도 뜻대로 잘 되지 않았던 모양인지, 경제 어쩌고 저쩌고하는 이름이 거창한 연구소에 다녔다. 사장과 고리야마 두 사람밖에 없었다. 사실 이곳은 암거래상의 물건을 적당히 되넘기며 파는 곳이었다.

　　이 작자는 태생부터가 제대로 된 일을 할 수 없는 인간이었다. 그래서 마쓰자와 병원이라는 멀쩡한 곳에서는 일할 수 없었던 모양이다. 결국 전속작가도 엉터리 리뷰도 그에게 너무 제대로 된 곳이었던 것이다. 야스키부시 정도가 아니면 아무래도 마음이 놓이질 않는 모양이었다. 암거래상도 당연히 그에게는 너무 멀쩡한 일에 속했다. 그래서 암거래상의 일부를 가로채는 경제연구소 같은 곳에서나 일해야 하는 불행한 업보를 타고난 사람이었다.

　　공습이 시작되자 경제연구소도 망해 버렸다. 어느 날 나는 간다에 있는 책방을 둘러보며 걷고 있다가, 어슬렁어슬렁 걸어오는 고리야마를 만났다.

　　"어이, 어떻게 지내나?"

　　"아, 난 저기 산업보국회*의 본부에서 일하고 있어."

　　이 대답에, 나는 일본도 이제 끝났다고 생각했다. 나는 세상에 대해 잘 모르지만, 내각이라든지 정보국이라든지, 대정익찬회** 등은 모두 공적이고 제대로 된 국가기관이라고 생각했다. 그리고 산업보국회도 마찬가지였다. 하지만 고리야마 지후유가 근무하고 있으니 그게 제대로 된 곳일 리가 없었다. 아사쿠사의 뒷골목처럼 인생의 뒤안길로 사라질 게 분명한, 사기꾼 소굴일 것이다. 이렇게 추락하는 일본의 모습에 절망한 나머지 구세군 본부를 쳐다보며 조국을 위해 남몰래 눈물을 흘린 것도 그래서였다. 이제 전쟁에 패배한 지도 10년이 다 되어 간다. 요즘 부패한 일본의 관료와 군벌의 타락하는 모습을 보고 있으면 고리야마 따위는 어쩌면 제대로 된 신사였는지도 모른다는 생각이 든다. 장군이나 대신들, 장관들이 죄다 너구리인지 메기인지 한통속이다. 그에 비하면 고리야마는 보르네오 초등학교의 우등생으로 정말이지 겉과 속이 똑같은, 거짓 하나 없는 참된 인간이었다. 그는 그렇게 바쁘게 살면서도 틈틈이 괴테나 실러, 때로는 고

호의 그림 등 어디에서 원본을 구해 오는지 모르겠지만 번역 일을 하곤 했다. 내가 소설을 쓰는 것보다도 더 많이 번역을 해서 출판했다.

다이칸도* 사람이 고리야마의 집으로 원고를 가지러 갔다가 기가 차서 돌아온 적이 있다. 번역하는 대선생의 방이니까 양서로 가득 찼을 거라고 생각했는데, 텅 빈 책장에는 30권 정도의 책이 드문드문 꽂혀 있었다고 한다. 그 대부분도 《고단구락부》**였고 서양책은 한 권도 없었다며 한숨을 내쉬었다. 나도 그 책장이라면 잘 알고 있었다. 정말이지 《고단구락부》를 포함해서 30권이 전부였다. 그 외에는 어떤 책도 가지고 있지 않았다. 그런 인물이었기 때문에 스기야마 히데키의 현학적인 허풍하고는 잘 맞지 않았다. 원래 그 현학자는 시골뜨기였고, 고리야마는 아주 떨떠름한 남자였다(산업보국회가 가장 떨떠름하다). 또 전차처럼 아주 시끄러웠다. 끊임없이 떠들어 대서 곤란한 자였지만, 항상 의기양양한 정신 상태만은 변함이 없었다. 제대로 된 일을 할 수 없기 때문에 떠들썩한

---

* 교토에 있는 서점.
** 고단샤가 발행한 대중 문학 잡지.

것도 어쩔 수가 없다.

다리가 없는 빡빡머리 오뉴도 유령과 목이 없고 머리카락만 남아 긁적거리며 여기저기 뛰어다니는 시끄러운 남자. 여하튼 예전에는 일본이 떠들썩할 정도로 스기야마와 고리야마의 사이가 나빴는데, 전쟁이 끝나고 보니 불행하게도 다리가 없는 빡빡머리 유령 쪽은 일찍 죽어버렸다. 스기야마가 살아 있었다면 일본 문단은 한 번 더 시끄러워졌을 것이다. 발자크라든지 생트 뵈브, 볼테르 같은 읽지도 않을 책들을 몇 백 권이나 진열하기 시작했을 것이다. 쇠몽둥이로 휘둘러도 아무런 타격감 없이 바람만 일으켰을 테지만, 가느다란 쇠몽둥이를 휘두르면 그래도 작은 바람 정도는 일으켰을 게 분명하다.

장군이라든지 대신들의 비리가 폭로되어 감방에 들어가는 시대이다. 세상이 바뀌고 고리야마도 참다운 사람이 될 시기가 찾아온 것인지, 그가 ××사의 편집 기자가 되어 나타났다. 이 잡지사는 뒤안길은 아닌 듯하고 그가 어떻게 바른길에 들어섰는지는 잘 모르겠다. 나는 그를 바라보면서 세상이 근본적으로 바뀌었다고 생각했다. 세상의 심상치 않은 커다란 변화를 깨달은 것이다.

지난번 ××사의 좌담회에서는 내가 떠드는 쪽이었고

고리야마는 떠들게 만드는 쪽이었다. 그가 위스키 두 병을 꺼내면서 물었다.

"이봐, 목숨은 걸었지?"

내가 크게 당황하자 선생도 쑥스러운 듯 말했다.

"농담이야. 이건 ××사가 대접하는 위스키라고."

예전에 고리야마 선생이 몰래 만든 술을 마시려면 목숨을 걸어야 했다. 그러나 세상이 변하고 있었다. 어찌 세상이 변하고 있다는 걸 믿지 않겠는가? 나는 새로운 일본의 탄생을 믿고 있다. 그래서 감히 술잔을 들고 단숨에 술을 들이켰다. 오늘도 나는 목숨을 걸고 세상이 변화하는 모습을 목격하는 자리에 서 있다.

"고리야마 군, 그래도 그《고단구락부》는 불태워 버리시게."

사카구치 안고(坂口安吾, 1906~1955), 소설가, 수필가

번역 박은정

빗방울

이시하라 준

  이제 곧 장마철이다.

  신기하게 같은 비라도 계절이나 환경에 따라 느낌이 아주 다르다. 그래서 비에는 여러 가지 이름이 있다. 봄비, 장마, 여우비, 소나기, 안개비, 가랑비. 이것 말고도 더 있을 거다. 비가 주는 그런 다양한 느낌 속에는 빗소리가 꽤나 중요한 역할을 한다. 장맛비가 조용히 내리는 소리나 소나기가 격렬하게 지붕을 때리는 소리, 소리 없이 몰래 땅을 적시는 가랑비 등 제각각 정취가 있다.

  가만히 빗소리를 듣고 있으면 온갖 기억이 떠오른다. 그 또한 정겹다. 그런데 비라는 게 하늘에서 만들어진 다량의 물방울이 땅으로 떨어지는 거라고 생각해 보면 마치 인간의 운명을 상징하는 것처럼 느껴진다. 물방울의 크기는 다양한데, 비는 가느다란 선이 이어진 것처럼 보인다. 비가 떨어지는 속도가 그다지 빠른 건 아니지만 그렇다고 인간의 눈으로 빗방울을 구별할 수는 없다.

빗방울의 크기를 어떻게 잴까? 기상학에서는 조금 재밌는 방법을 사용한다. 떨어지는 빗방울을 흡수지로 받아 종이 위에 스며들게 한 뒤 퍼져나가는 면적을 재는 방법이다. 즉 반지름을 알 수 있는 물방울을 같은 흡수지에 스며들게 해서 그걸 비와 비교해 빗방울의 크기를 재는 거다.

과학적으로 그다지 정밀한 방법이라고 할 수는 없지만, 빗방울의 크기 같은 건 하나하나 정확하게 알 필요도 없고, 그저 대략적인 평균만 알면 되니까 그걸로 충분하지 않을까. 내가 그걸 재밌다고 생각하는 건 인간의 눈으로는 내리는 비의 크기를 알 수 없지만, 종이로 받으면 그게 똑똑히 보인다는 점이다. 살아 있는 동안 별로 대수롭게 여기지도 않다가 죽은 뒤에 갑자기 위대한 사람이라고 추켜세우는 것도 이와 유사하다.

모든 것이 이것과 비슷하다. 변함없이 무언가 계속 이어지는 동안에는 그런 일이 있다는 걸 알면서도 인간은 그냥 무심코 지나쳐 버릴 뿐이다. 그리고 거기에 무언가 사건이 일어나면 비로소 그 정체를 인정하고 새삼스럽게 당황하고 놀라기도 한다. 질병 같은 경우에도 몸속에 잠복하고 있는 동안에는 알고 있으면서도 뭐 어떻게든 되겠지 하고 그다지 신경 쓰지 않지만, 그게 무언가 반응을 일으키게 되면 이래서는 안 되겠다고 새삼 문제를 의식하게 된다. 이런 것들이 인간의 보편적인 성질이라 어쩔 수 없다면 그럴 수도 있을 것이다. 하지만 일이 벌어지기 전에 그 일이 어떻게 진행될지를 탐구하는 것이야말로 인간 사회든 인간의 삶이든 모든 영역에 있어 더없이 중요하다.

빗방울의 크기를 흡수지로 재는 건 그야말로 구시대적 관찰법이다. 좀 더 근대적인 방법은 빗방울이 떨어지는 순간을 사진으로 찍으면 된다. 그렇게 하면 크기며 형태를 정확히 알 수 있다. 일반적으로 인간의 눈이 멍하니 놓쳐 버리는 것을 사진은 더 예리하게 보여 준다. 무슨 일이든 표면적이고 감각적인 관찰로 끝내지 말고 더 과학적인 방법을 사용하려고 노력해야 하는 게 아닐까? 비는 그저 직선적으로 내리는 거라고 마냥 넋 놓고 보고만 있으면 안 된다. 무언가 중요한 일이라고 느낀다면 그걸 되도록 과학적으로 분석하기 위해 근대적인 방법을 찾아

낼 필요가 있다. 요즘 유행하는 말로 하자면 그게 '인식' 이라는 것일 거다. 사진의 렌즈가 비뚤어져 있으면 말도 안 되는 잘못된 인식을 초래할 수도 있으니 그것 역시 충분히 주의해야 한다.

　빗방울 같은 건 직접 사진으로 찍어서 그 형태를 볼 수 있지만, 더 작은 건 그게 불가능하다. 예를 들면 방사능물질에서 나오는 방사선 같은 것이 그렇다. 이것들도 빗방울을 흡수지로 받는 것처럼 무언가 다른 물질을 이용해 그 작용을 조사할 수는 있겠지만 그걸로는 중간 과정을 알 수 없다. 그런데 윌슨의 안개상자라는 걸 사용해 그 길을 사진으로 찍으면 경로를 정확히 파악할 수 있게 된다. 윌슨의 안개상자라는 건 물리학책을 보면 설명이 나와 있다. 수증기를 과포화시키는 장치로 상자 안으로 방사선을 통과시키면 그것이 통과한 곳에는 이온이 발생하고 이온 주변에 수증기가 응결해 물방울이 맺힌다. 이걸 사진으로 찍으면 방사선의 통로가 표시된다는 것이다. 꼭 물방울을 실에다 꿴 것 같은 모양이라 빗방울 얘기와 전혀 무관한 것도 아니다.

　이 윌슨의 안개상자는 설명을 들어보면 별것 아닌 것 같지만 정말 기막힌 물건이다. 방사선을 만드는 알파입

자나 전자라는 게 얼마나 작은지는 물리학에서 정확히 알려 준다. 눈에 보이지 않는 그런 작은 것의 경로를 사진으로 보여 준다는 건 실로 놀랄 만한 일이다. 그러니까 도저히 정체를 알 수 없다고 여겨지는 일이라도 이 윌슨의 안개상자처럼 연구를 통해 그 윤곽이라도 밝힐 수 있다면 얼마나 멋진 일인가.

빗방울을 보면서 나는 그런 생각을 했다. 요즘처럼 막연한 불안에 싸여 있는 사람들에게 불안의 정체가 드러날 때까지 멍하니 기다리고만 있으라고 하는 건 그야말로 더 불안하게 만드는 일이 아닐까.

학생들은 시험이 다가오면 그저 걱정만 한다. 그러고만 있지 말고 평소부터 좀 더 현명한 방법으로 학력을 검증하는 게 더 근대적인 교육이 아닐까. 빗방울의 크기를 재기 위해 흡수지에 스며들게 하는 것처럼 말이다. 빗방울 역시 자기 발밑에 흡수지가 보이고 나서 아무리 소란을 떨어 봤자 소용없다. 누군가 그걸 볼 수 있는 사람이 본다면 그야말로 어리석은 짓으로 비칠 게 뻔하다.

이시하라 준(石原純, 1881~1947), 물리학자, 가인(歌人)

번역 서 홍

한신*견문록

다니자키 준이치로

●●

　"오사카에서 전차를 타면 아무렇지도 않게 아이에게 소변을 보게 한대."라는 말을 도쿄 사람들에게 하면 아마 깜짝 놀랄 것이다. 하지만 그건 거짓말이 아니다. 사실 나도 그런 광경을 두 번이나 목격했다. 게다가 그게 시내 전차도 아니고 두 번 다 한큐 전차 안에서였다. 이 한큐는 오사카 부근의 전차 중에서도 가장 승객의 수준이 높다고 하니까 더욱 놀라지 않을 수 없다.

---

* 오사카와 고베를 말함. 한신전기철도(阪神電気鉄道)의 준말이기도 하다.

한번은 다카라즈카에서 기쿠고로*의 도조지**를 보고 집으로 돌아가려고 만원 전차를 탄 적이 있다. 전차에서 중앙 손잡이를 잡고 있었는데 어디선가 쪼르르 오줌 누는 소리가 들렸다. 그러더니 발밑으로 물이 흐르는 것이었다. 이상하다고 생각하면서 꽉 차있는 사람들의 새카만 머리 사이를 쳐다봤다. 두세 사람의 머리를 건너 소리가 나는 쪽을 찾았다. 그러자 서너 살짜리 아이를 안고 있는 엄마가 쭈그려 앉아 있는 모습이 눈에 들어왔다. 이 엄마가 에티켓이 없다는 사실은 애초에 논의할 가치가 없다고 치더라도, 내가 이해할 수 없는 건 이걸 보고 있는 차장이나 손님들이 별다른 주의도 주지 않을뿐더러 불쾌하다는 표정조차 짓지 않았다는 사실이었다. 여하튼 입추의 여지도 없이 꽉 차 있는 공간에 쭈그려 앉아 있는 것 자체도 괘씸한 일이었지만, 근처 사람한테 소변이 튈 수도 있는 상황이었다. 그런데 그 엄마는 아이한테 소변뿐만 아니라 똥까지 싸게 했다. 전차 바닥에 조심스럽게 신문지를 깔고 거기에 싸게 한 것이다. 그러고 나서 신문

지를 들어 올렸다. 승객의 코끝을 찌르는 냄새. 엄마는 북적거리는 사람들 사이를 가르며 신문지를 창밖으로 내던졌다. 아주 지저분한 이야기였다. 도쿄 사람들한테는 부끄러운 이야기겠지만, 이곳 사람들은 이런 일에 대해서 아무렇지도 않게 생각하는 것 같았다.

오사카에서 기차로 교토에 가는데, 이등실에 젊은 부부가 타고 있었다. 한 살배기 젖먹이를 머리 위의 선반에 올려놓고는 웃으면서 아이를 올려다보고 있었다.

"어머, 우메보시 같아."였는지 아마 그런 말을 한 것 같았다.

'이게 뭐지? 천진난만한 건가!'

앞에서 말한 지저분한 사건처럼 도쿄의 전차나 기차 안에서는 볼 수 없는 광경들이다. 도쿄 사람들의 상식으로는 이런 말을 하는 사람들을 이해할 수 없을 것이다. 외국의 풍습이라도 보는 듯한 기분이다.

오사카 사람 – 그것도 상당히 교양이 있는 듯한 샐러

리맨들의 이야기다. 그들은 전차 안에서 모르는 사람의 신문을 빌려서 읽는다. 에티켓이 없다고는 전혀 생각하지 않는 것 같다. 기차를 오래 탄다든지, 옆자리에 앉아 있는 사람의 신문이라면 이해할 수 있다. 그런데 신문 빌리는 방법이 너무도 거리낌이 없고 뻔뻔스럽기 그지없다. 예를 들면 내가 아사히하고 마이니치 석간을 들고 있으면 반드시 누군가 읽지 않는 쪽 신문을 눈여겨보고 있다가 곧바로 빌리러 온다. 아무리 붐벼도 멀리서 사람들 사이를 뚫고 와서 담뱃불이라도 빌리듯,

　"신문 좀 빌립시다."

라고 말하며 아무런 설명도 없이 빌려 간다. 전차 안이 붐볐기 때문에 그 사람이 어디로 갔는지 보이지도 않아서 돌려주러 올 때까지 그냥 기다리는 수밖에 없다. 우물쭈물하다 보면 내려야 할 역이 다가오고, 결국 신문을 빼앗기게 되는 경우도 있다. 신문 한 장에 불과하지만 빌려주는 사람의 입장에서는 자기 돈으로 사서 아직 다 읽지도 않은 신문이다. 내가 만약 다른 사람으로부터 신문을 빌린다면 상대가 다 읽고 나서 그 신문을 옆자리에 놓을 때까지 기다릴 것이다. 그런데 오사카에서는 멍청한 건지 뻔뻔스러운 건지, 그렇게 기다리는 사람은 한 명도 없다.

우메다에서 아사히하고 마이니치 석간을 사서 전차를 탔을 때의 일이다. 아주 괘씸한 녀석이 있었다. 나는 술을 조금 마셔서 기분이 좋았는지 타자마자 곧바로 꾸벅꾸벅 졸면서 서 있었다.

　　"저기요, 이보세요."

　　누군가 시끄럽게 귓가에서 큰 소리로 떠드는 것이었다. 내 어깨를 잡고 흔들었던 것 같았다. 순간 잠에서 깼는데 한 신사가 옆에서,

　　"잠깐, 석간 좀 빌립시다."

라고 말하는 것이었다.

　　"뭐요?"

　　나는 졸린 눈을 비비면서 비몽사몽으로 대답했다. 그리고 정신을 차리자 더 이상 잠이 오지 않았다. 하는 수 없이 신문을 읽으려고 했더니 아까 그 신사가 신문을 두 장 다 가져가 버린 것이다. 하지만 시치미를 떼고 있어서, 아무리 주위를 두리번거려도 그 사람이 누군지 알 수 없었다.

　　그러던 중 슈쿠가와가 다가오고 아시야가와 부근까지 왔다. 이제 다음 역인 오카모토역에서 내리려고 일어나자, 그 남자가 그제야 신문을 돌려주러 왔다. 자세히 봤더

니 수염을 기른 마흔 살 정도 되는 신사였다. 이 자식은 분명히 내가 잠에서 깬 것도 알고 있었다. 그런데 아무렇지도 않게 신문을 읽고 있었던 것이다.

그 사건이 너무 못마땅해서 그 후 나는 종종 심술을 부리거나 분풀이를 하곤 했다. 신문 한 장을 읽으면 다른 한 장은 당당하게 무릎 위에 올려놓는다. 그러면 반드시 누군가 빌려 달라고 찾아온다. 그러면 나는 "지금부터 읽을 겁니다." 하고 단호하게 거절한다. 그리고 다 읽었으면서도 "아직 다 읽지 않았습니다."라고 말한다.

어느 날 나는 일부러 한 장만 빌려주고 나머지는 계속 읽으면서 다 읽지도 않았는데, 일부러

"죄송하지만 돌려주셨으면 좋겠습니다."

라고 말했더니, 상대는 몹시 못마땅한 표정으로 떨떠름하게 돌려줬다. 나는 가슴이 뻥 뚫렸다. 그동안 쌓였던 게 다 풀리는 기분이었다. 그때만큼 통쾌한 적도 없었다. 한신의 우메다에서는 전차 안에서 석간을 팔기 때문에 신문을 살 기회는 얼마든지 있다. 그런데도 신문을 사지 않고 다른 사람한테 빌리기로 작정한 듯한 인간들에게는 이 정도로 대응해줄 필요가 있다.

●●

　전차에서 한 가지 더 느낀 게 있다면, 만원 전차를 타면 사람들이 많이 서 있는데 항상 좌석 쪽은 대체로 여유로웠다. 조금 신경을 쓰면 한두 명은 더 앉을 수 있는데 아무도 자리를 비켜 주려 하질 않는다.

　심할 때는 "좀, 앉겠습니다."라고 말하면 화를 내는 사람도 있었다. 짐을 옆자리에 두는 사람도 있는데, 그 짐을 자신의 무릎 위에 올릴 생각은 하지 않는다. 결국 전차가 초만원이 되면 하는 수 없이 자신의 짐을 무릎 위에 올린다. 내가 보기엔 이걸 잠자코 내버려 두는 사람들도 문제가 있다고 생각한다. 요컨대 도쿄에 비해 시민들의 매너가 부족한 게 아닐까 하는 생각이 든다.

●●

　도쿄에서는 일면식도 없는 사람한테 말을 거는 경우는 거의 없다. 그것은 예의에 어긋나고 시골에서 온 사람들이나 하는 짓이라고 생각한다. 오사카 사람은 그런 면에서 도쿄 사람들처럼 수줍어하지도 않고 낯도 안 가린다. 이렇게 스스럼없는 모습이 좋아 보이기도 하고 미덕으로 여겨질 수도 있지만, 이런 사람들 역시 도쿄에서는 뻔뻔스러워 보일 것이다. 불쾌하지는 않더라도 '상식적이지 않다'는 느낌을 준다.

롯코의 구락쿠엔*에 있었을 때의 일이다. 어느 날 아침, 라듐 온천의 목욕탕에 들어갔는데 장사를 하는 듯한 젊은 남자가 나보다 먼저 탕 안에 들어가 있었다. 이윽고 그는 탕에서 나와 밖으로 나갔다. 그런데 곧바로 그 사람과 매우 닮은 남자가 들어왔다. 그리고 옷을 벗고 벌거숭이가 되어 내가 있는 탕 안으로 뛰어 들어왔다.

'어라, 이 자식 아까 그 남자 아닌가?'

라고 생각하고 있었다. 그러자 그 남자는 히죽히죽 웃으면서,

"실례지만, 다니자키 씨인가요?"

라고 말하는 것이다. 그렇다고 말하자,

"아, 실은 말입니다. 방금 나가서 혹시 다니자키 씨가 온천에 오지 않았냐고 물어봤더니, 지금 탕 안에 계시는 분이라고 하잖아요. 한번 뵙고 싶어서 다시 들어왔습니다."

라고 말하는 것이었다.

뭐 이 정도는 상식이 없는 것도 아니고 애교 정도라고

---

* 효고 현 동남부에 있는 고급 주택가.

생각할 수 있다. 하지만 어느 날 아침 같은 목욕탕에서 일어난 일이다. 나는 욕조 끝에 웅크리고 앉아 따뜻한 물을 끼얹고 있었다. 탕 안에 있던 남자 두 명이 이쪽을 빤히 쳐다보다가 턱으로 나를 가리키며 말했다.

"이봐, 저 사람이 다니자키 씨야."

"아, 그래? 저 사람이 다니자키 씨라고?"

"훌륭하신 분이지."

마치 물건의 값어치라도 매기듯 사람의 얼굴을 보고 감탄을 한다. 차라리 그냥,

"다니자키 씨가 맞죠?"

이렇게 말을 거는 편이 낫다. 그런데 직접 말을 걸지는 않는다. 이게 얼마나 불쾌한 일인지 모를 것이다.

나는 예전에 관서 지방의 음식에 대한 글을 썼는데 이번에는 사람들에 대해서 써봤다. 아무래도 사람 쪽은 음식만큼 고급스럽지는 않은 것 같다.

다니자키 준이치로(谷崎潤一郎, 1886~1965), 소설가

번역 박은정

스파크

데라다 도라히코

1

무난한 얘기를 쓰는 건 참 어려운 일이다. 진리는 보편적인 거라서 조금이라도 진리에 가까운 얘기를 쓰면 그게 누구에게나 해당이 되어 아픈 데를 건드리기 때문이다. 뛰어난 소설을 읽으면 사람들은 자기가 소설의 모델이 아닐까 생각한다. 자기가 모델이라고 주장하는 사람이 여러 명 등장하기도 한다. 나쓰메 소세키의 「도련님」속 주인공인 도련님의 모델이 많은 건 그렇다 쳐도 악역인 '빨간 셔츠'라고 주장하는 사람이 있다는 건 정말 재밌는 일이다. 원래 작가는 자기 내면에 있는 '도련님', '빨간 셔츠’, ‘노다’, ‘너구리’, ‘산 바람’*을 마음대로 끄집어내 종이 위의 무대에서 춤추고 노래하게 한다. 구경꾼인 독자는 그걸 읽으며 자기 안에 있는 ‘도련님’, ‘빨간 셔츠’ 등과 공명한다. 자기중심적인 사람은 그중에서 자신에게 유리한 것, 기분 좋은 것만 선택해 공감하고 불리한 건 슬쩍 덮어 버린다. 또는 자신이 싫어하는 사람에게 그것을 투사하면서 만족을 느끼기도 한다. 소심한 사람은 자기 안의 나쁜 부분과 더 강하게 공명하며 고통을 느낀다. 조금 가학적인 사람은 그 고통을 일부러 증대시킴으로써 쾌감을 느낀다. 만일 우리가 자기 안의 모든 ‘인형’과 모든 ‘공명기’를 있는 그대로 인식할 수 있다면 행복할 것 같지만, 애당초 그건 무리일 뿐더러 만일 그렇게 된다면 세상이 너무 쓸쓸해질 것 같다.

2

학계에서 새로운 학설을 흔쾌히 받아들이는 건 그 설

---

* 나쓰메 소세키의 소설 「도련님」에 등장하는 인물들의 별명.

이 당대 학계의 절실한 요구에 적합하기 때문이다. 10년도 훨씬 전부터 전 세계 학자가 입을 움찔거리며 말하려고 했지만 적당한 말이 나오지 않아서 곤란해 할 때, 누군가 등장해 명확한 말로 그걸 시원하게 해결해주면 전 세계 학자는 단번에 체증이 뚫리는 기분일 것이다.

3

조각가 운케이가 목재 속에서 인왕을 꺼냈다고 한다면 브로이나 슈뢰딩거는 전 세계 물리학자의 머리에서 파동역학을 꺼냈다고 할 수 있다. '말'은 태초에 있었다. 단지 그것을 꺼냈을 뿐이다. 뉴턴이 조각 하나를 꺼내고, 프레넬, 호이겐스 등이 또 하나의 조각을 꺼냈다. 그리고 그것과 함께 여러 조각이 끌려 나왔는데 그 조각들이 서로 잘 맞지 않아서 곤란한 상황이었다. 그 어떤 조각도 잘못되거나 틀린 게 아니라 모두가 '진정한, 참된' 한 조각이었다. 최근에야 겨우 두 조각이 제대로 맞춰진 것 같다.

모든 조각이 모두 갖추어져 그것이 완전하게 결합되

는 날이 가까운 미래에 올 거라고 믿는가? 또는 그러려면 무한대의 시간이 필요하다고 생각하는가? 어느 쪽을 믿느냐는 그 사람 마음이다. 그러나 어느 쪽을 믿느냐에 따라 과학자의 관점은 완전히 달라진다. 공자와 노자의 차이 정도로 다를 거다.

4

새로운 걸 좋아하는 학자가 있다고 하자. 새 장난감을 받은 아이가 헌것을 쓰레기통에 던져 버리듯이 새 학설이 나타나면 옛것은 모두 쓸모없어졌다고 생각하는 사람이 있다면 그건 잘못된 생각이다. 설마 그런 사람은 없겠지만, 옛것이든 새것이든 모두 조각이다. 오늘의 새로운 조각이 내일의 낡은 조각인 건 역사가 증명한다. 단지 어제의 조각보다 오늘의 조각이 딱 한 발자국 '전체'에 가까워졌을 뿐이다.

5

과학의 진보를 촉진하는 건 당연히 과학자지만, 과학의 진보를 저해하는 것 또한 과학자 자신이다. 학자를 존경하지 않는 사람들, 연구비 내기를 아까워하는 사업가, 예산을 통과시키지 않는 정부의 관료 등 방해하는 요소가 아무리 많아도 과학이 진보할 때는 진보하는 법이다.

과학을 장려할 목적으로 만들어진 기관이 자기의 의지와는 반대로 과학의 진보를 열심히 방해하는 슬픈 결과를 초래하는 경우도 있다. 이게 가장 고역이다.

과학도 초목도 편안히 오래 살아남을 수 있도록 하는 게 좋다. 조금쯤 잡초가 섞여서 자란다고 해도 좋은 나무는 스스로 자라난다. 서툰 정원사가 좋은 나무를 시들게 하는 법이다.

과학자가 요령을 부리면 과학은 진보를 멈춘다. 과학자는 모두 영원히 바보였으면 한다.

6

이과 학부 위원과 약속했던 걸 잊고 있다가 오늘 최후의 통첩을 받고 놀라서 서둘러 쓰다 보니 내용이 이상해졌다. 스파크 같은 일시적인 현상이다. 현명한 독자의 관용을 바랄 뿐이다.

데라다 도라히코(寺田寅彦, 1878~1935), 물리학자, 수필가

번역 서 홍

얼굴을 말하다

미야모토 유리코

누구나 자신과 닮은 사람이 있다는 말을 듣는 모양이다. 나를 잘 아는 사람이 내가 누군가와 닮았다고 얘기하는 걸 듣고 '전혀 안 닮았는데......' 생각하며 놀랄 때가 있다. 우리가 서로의 얼굴에서 어떤 특징을 어떻게 파악하는지 명확하게 인식하는 것 같지만, 실은 그렇게 단정할 수 없다. 인상과 생김새는 실로 미묘하게 섞여 있는 데다 하나가 아니기 때문이다.

하물며 내 얼굴이 어떻다고는 도저히 말할 수 없을 것 같다. 꽤나 엄청난 얼굴을 하고 있을 때도 있을 테니 부디 인상 쓰시지 말라고 웃을 수밖에 없는 경우가 있다.

사진을 좋아하는 감정과 싫어하는 감정에는 여러 가

지 이유가 있을 것이다. 나는 카메라 플래시 때문에 늘 경직된다. 플래시가 나를 향해 터지는 것도 아닌데 음악회 같은 데서 내 근처에서 플래시가 곧 터질 것 같으면 몸이 굳어 버린다.

한밤중 거울에 언뜻 비치는 내 얼굴은 왠지 기분 나빠서 똑바로 쳐다본 적이 없다. 배가 고파서 거실로 내려오면 바로 왼편으로 거울이 있다. 복도의 어스름한 불빛에 흐릿하게 빛나는 거울 속으로 내 옆얼굴이 살짝 스친다. 그게 내 얼굴인 건 알고 있다. 하지만 어슴푸레한 불빛 속에서 들여다보면 들여다보고 있는 내 두 눈도 왠지 기분 나쁘다. 앞을 똑바로 응시한 채 전등을 켜기 위해 발끝으로 더듬거리며 걷는다.

인간의 괜찮은 얼굴이란 어떤 얼굴을 가리키는 걸까? 크든 작든 자신이 아닌 다른 것에 대해 깊은 곳에서부터 공감할 때의 얼굴, 그건 제법 아름답게 느껴진다.

미야모토 유리코(宮本百合子, 1899~1951), 소설가, 평론가

번역 서 홍

매너리즘

다자이 오사무

나는 예지란 게 얼마나 허무한지에 대해 글을 쓴 적이 있다. 다시 말해 작가가 이런 감상을 글로 엮어 낸다는 게 얼마나 난센스인지에 대해 언급한 거다. 『생각하는 갈대』이든 『벽안탁본』*이든 이것 역시 도주의 한 방편에 지나지 않는다. 작가라는 자가 매달, 매일, 이런 단편적인 말들을 쏟아내고, 그것들을 쌓아 놓는 건 칭찬할 만한 일은 아니다.

"그럴듯해. 묘하군."

"그는 제법 공부를 하는 모양이야."

---

* 다자이 오사무의 수필집.

"광적인 번뜩임."

"날카로워."

"아픈 데를 찌르는군."

이런 찬사는 그렇게 말한 사람들에게 그대로 돌려주고 싶다. 낯간지러운 말이다.

나는 태어날 때부터 떠들썩한 걸 좋아하는 남자라서 지금까지 매달 무리를 해서라도 소위 감상의 단편 같은 걸 대여섯 장씩 써서 이 잡지에 실었다.

더구나 세상에는 수치심이라고는 찾아볼 수 없는 청개구리 같은 남자들이 많아서(이건 나에게는 새로운 발견이었다) '광적인 번뜩임'을 보여 주는 감상의 단편이 내 주변에서도 두셋 제멋대로 피어나고 있다. 마치 그것이 뛰어난 작가의 하나의 조건이라도 되는 듯이 말이다.

분명하게 말할 수 있는 걸 확실하게 말하는 건 당연한 거니까 특별히 '광적인 번뜩임'을 보여 주지 않아도 문제 될 건 없다. 만약 이것이 나의 『생각하는 갈대』가 뿌린 씨앗이라면 나는 쓴웃음을 지으며 그걸 베어 내야 한다. 그건 그야말로 안 좋은 것이기 때문이다. 하얀 꽃도 빨간 꽃도 파란 꽃도, 어떤 꽃도 피지 않는 슬픈 잡초일 게 틀림없다.

나는 누군가와 결탁해서 이 글을 쓴 게 아니다. 나는 언제나 혼자 있다. 그리고 홀로 있을 때의 내 모습이 가장 아름답다고 믿는다.

　"나는 모든 이치를 알고 있습니다."라고 말하고 싶어 하는, 예지를 자랑하고 싶어 안달이 난 자들에게 묻는다.

　"그래서 당신은 무얼 했나요?"

다자이 오사무(太宰治, 1909~1948), 소설가

번역 서 홍

훌륭하다는 것에 대해

다자이 오사무

이젠 소설 말고 다른 건 쓰지 않겠다고 결심했다. 그런데 어느 날 밤 '그건 아니지' 하는 생각이 들었다. 그럼 그건 너무 훌륭한 생각을 한 거니까. 다른 이들과 보조를 맞추기 위해서라도 나는 일부러 실패하고 호색한처럼 굴고 웃기지도 않은데 배꼽을 잡고 뒹굴어야 하는 거다. 제약이라는 게 있다. 괴롭지만 역시 사람답게 계속 쓰는 게 옳다고 생각했다.

그렇게 마음을 고쳐먹고 펜을 들었다. 모름지기 작가라면 이런 감상문 정도는 그야말로 조끼 단추를 두세 개 잠그는 동안 마무리해야 한다. 시간을 너무 끌면 안 된다. 감상문 같은 건 쓰려고만 하면 얼마든지 재밌고 길게 쓸 수 있으니 딱히 특별할 것도 없다. 좀 전에 몽테뉴의 수상록을 읽고 정말 재미없다고 생각했다.

당연한 얘기 모음집이라고 해야 하나. 나만 일본 야담의 냄새를 맡은 건가? 대인 몽테뉴. 도량이 넓다고들 하는데 그만큼 문학과는 거리가 멀다고 할 수 있다. 공자 가라사대 "군자는 남을 즐겁게 하더라도 자신을 팔지 않으며, 소인은 자신을 팔더라도 타인을 즐겁게 할 수 없다."고 했다. 문학의 재미는 소인의 슬픔에서 나온다. 보들레르를 보라. 가사이 센조*의 생애를 떠올려 보라. 도량이 넓은 군자는 야담집을 읽어도 그저 즐겁고 마냥 태평한 모습이다. 나와는 전혀 관계가 없는 이야기다. 넓은 도량에 훌륭한 인격을 갖추고 어디 한 군데 의심할 여지없는 감상문을 만족스럽게 쓸 수 있는 건 작가도 뭣도 아니다. 그저 유명인이 되었다가 사라져 버리는 거다. 가만히 있지 못하고 끊임없이 움직이며, 여기저기서 별 볼 일 없는 얼간이 짓을 하는 전혀 성숙하지 못한 작가가 차라리 그리워진다. 경박한 영악함이 제격이라고나 할까. 형편없

---

* 자신의 빈곤과 질병 같은 인생의 고통, 술, 여자 등 인간관계의 부조화를 그렸다. 사소설의 신이라고 불린다.

는 실패의 고마움이여. 추악한 욕심의 존귀함이여(훌륭해지겠다고 마음만 먹으면 언제든 그렇게 될 수 있으니까).

다자이 오사무(太宰治, 1909~1948), 소설가

번역 서 홍

소설의 재미

다자이 오사무

    소설이란 본래 여자와 아이들이 읽는 것입니다. 소위 잘나가는 어른이 눈을 반짝이며 읽고 책상을 치며 독후감을 논할 만한 성질의 것은 아닙니다. 소설을 읽고 옷매무새를 고쳤다는 둥, 머리를 조아렸다는 둥 그런 말을 하는 사람이 있습니다. 그게 농담이라면 재밌는 얘깃거리라도 되겠지만, 정말로 그런 행동을 한다면 그건 웃기는 짓이 아닐 수 없습니다. 예를 들어 가정에서도 소설은 아내가 읽습니다. 남편이 일을 나가기 전에 거울을 보고 넥타이를 매면서 요즘 어떤 소설이 재밌느냐고 묻습니다. 아내가 "헤밍웨이의 『누구를 위하여 종은 울리나』가 재밌어요."라고 하면, 남편은 조끼 단추를 잠그면서 "무슨 내용이야?"라며 대수롭지 않다는 듯이 묻습니다. 아내는 갑자기 흥분해서 그 줄거리를 줄줄이 늘어놓고, 자기 설명에 감격해서 흐느낍니다. 남편은 윗도리를 입으며 '흠, 그거 재밌을 것 같군'이라고 생각하며 출근을 합니다. 그리고 밤에는 어떤 살롱에 가서 "요즘 소설 중 최고는 역시 헤밍웨이의 『누구를 위하여 종은 울리나』인 것 같더군."이라는 말을 합니다.

소설이라는 건 무정한 것이어서 부녀자를 속이면 그걸로 대성공입니다. 게다가 부녀자를 속이는 수법도 다양해서 때로는 근엄한 척하고, 때로는 미모를 암시하고, 때로는 명문 집안 출신이라고 속이거나 변변치도 않은 학식을 한껏 부풀리고, 때로는 자기 집의 불행에 대해 세상의 평판 따위 신경도 안 쓰고 부끄러움도 모르고 떠벌립니다. 이렇게 부인의 동정심을 자극하려는 의도가 명백한데도 평론가라는 바보 같은 자들이 있어서 그것을 떠받들고 또 자신의 밥벌이 수단으로 삼으니 한심하지 않습니까?

끝으로 한마디 하겠습니다. 옛날에 다키자와 바킨이라는 사람이 있었는데 이 사람의 글은 별로 재미가 없었습니다. 그런데, 그 사람의 인생작이라 할 수 있는 『사토

미핫켄전』의 서문에 부녀자가 졸릴 때 이 책을 읽고 잠이 깰 정도만 되면 좋겠다고 쓰여 있습니다. 그리고 그 부녀자의 잠을 깨우기 위해서 작가는 실명이 됐는데도 구술로 글을 썼다니 정말 어리석지 않습니까?

여담인데, 나는 언젠가 잠이 안 와서 시마자키 도손의 『동트기 전』이라는 작품을 밤새 읽었더니 잠이 왔습니다. 그래서 그 두꺼운 책을 베개맡에 내던지고 꾸벅꾸벅 졸다가 꿈을 꾸었습니다. 그게 조금도, 아무것도, 전혀, 그 작품과 관계없는 꿈이었습니다. 나중에 알고 보니 그 사람이 그 작품을 완성하는 데 10년이나 걸렸다는 겁니다.

다자이 오사무(太宰治, 1909~1948), 소설가

번역 서 홍

수다 경쟁

사카구치 안고

1

9월 말에 우노 고지 씨에게서 전화가 왔다. 마침 나는 부재중이었는데 급한 용건이 있으니 오늘 밤이나 내일 아침에 찾아와 달라는 내용이었다. 무슨 일인지 전혀 짐작이 안 갔다. 《문예 통신》 9월 호에 마키노 신이치의 자살과 조금 연관이 있는 소재로 소설을 쓴 게 있었다. 관점에 따라 걸리는 구석이 있는 소재인지라 그 이야기일지도 모른다고 생각했다. 더구나 그 소설은 가장 중요한 부분이 제대로 완성되지 못한 상태였다. 나로서는 그 부분을 채우기 위해 나머지 오십 장을 쓴 거나 마찬가지였던

터라 낙담은 더욱 컸다. 그 소설을 떠올리는 것만으로
도 기분이 상했다. 우노 씨로부터 전화가 왔다는 얘기를
듣고 그 용건이 이 소설과 연관이 있을 거라는 생각을 했
다. 무슨 근거가 있었던 것도 아니다. 그런데 문득 우노
씨가 그 소설의 소재에 대해 비판할 것 같다는 생각이 들
었다. 완성하지 못한 그 부분에 대한 낙담이 아직 생생할
때라서 나도 모르게 감정이 격해졌다. 용건이 뭔지 확실
치도 않은데 우노 씨에 대해 무조건 반발심이 생겼던 것
이다. 다음 날 아침 폭우가 쏟아지고 있었지만 혼고에서
우에노 사쿠라기에 있는 그의 집까지 낡은 우산을 쓰고
걸어갔다.

　우노 고지 씨는 내가 아는 사람 중에서 제일 수다쟁이
다. 상대가 말할 틈을 주지 않고 자기 혼자 쉬지 않고 떠
들어댄다. 잠자코 있는 걸 어색해하는 데다 침묵이 무슨
마음속에서 꿈틀대는 추악한 괴수라도 되는 듯 불쾌하
게 여기는 것 같다.

　그는 떠든다기보다 말에 빙의된 것 같은 느낌이다. 누
가 한마디 하면 그의 머릿속에서는 금방 그 말을 둘러싸
고 아주 허무한 폭풍이 불기 시작하는 모양이다. 당황해
서 다시 떠든다. 또 허무한 고통이 가중된다. 쉬지 않고

말을 이어간다. 아주 피곤할 것 같다. 듣고 있는 나도 무척 지친다.

우노 씨는 사람 만나는 걸 싫어하는 것 같다. 온갖 신경을 곤두세운 채 얘기를 하고, 그러다 갑자기 공허해지니 사람 만나는 게 고통스러운 건 너무나도 당연하다. 그의 집 대문은 언제나 잠겨 있었다. 벨을 누르자 하녀 방의 창이 반쯤 열리고 마치 강 건너편에 있는 사람처럼 하녀가 고개를 내밀었다. 이름과 용건을 묻고 물러간 뒤 잠시 후 문이 열리긴 했지만 되도록 만나지 않고 끝내려는 심산인 모양이다. 그가 《문학계》에 실은 수필에 이런 내용이 있었다. 잡지 일로 고바야시 히데오가 온다기에 오지 말라고, 편지로 쓰라고 했는데도 굳이 와서 너무 화가 치밀었다는 거다. 그걸 읽고 얼마나 웃었는지 모른다. 말을 좀 줄이면 사람을 만나는 것도 그리 힘든 일이 아닐 텐데 말이다.

우노 씨도 누군가를 만나는 게 힘든 모양이지만, 나 역시 그와 마주하는 게 힘들고 피곤하다. 자기 혼자 떠들다지쳐 나가떨어지는 건 자업자득이니 그렇다 쳐도, 남의 말을 듣기만 하다가 허무하게 지쳐야 하는 건 정말 어처구니없는 일 아닌가.

2

나는 그의 집 뜰을 걸으면서 우노 씨의 끊임없는 수다로 인한 피로와 허무감을 어떤 방법으로 물리칠까 생각했다. 허무하게 그 요설의 노예가 돼서 이렇게 폭우가 쏟아지는 날 더 우울하게 시간을 보내야 한다는 걸 도저히참을 수 없었다. 그래서 여러모로 생각해 봤지만, 방법은딱 하나밖에 없었다. 그쪽이 수다 떨 틈을 주지 말고 갑자기 이쪽에서 마구 수다를 떠는 거다.

처음 돈을 빌리러 가는 사람은 무조건 혼자서 장구 치고 북 치고 필요 없는 말을 주절주절 지껄인다. 지금 상황과 아무 상관도 없는 옛날 얘기에 집착하거나 상대가 빌려줄지 말지 말할 틈도 주지 않고 서두르기도 한다. 다른말은 한마디도 안 하고 만나자마자 돈 얘기부터 꺼낼 수있는 사람은 그 분야의 대가일 거다. 나는 아직 초보자 수준이라서 거품을 물고 떠드는 데는 의외로 익숙하다. 머지않아 빌려주는 쪽이 완전히 당황할 정도로 태연하게별말 하지 않고 돈을 빌려 보려고 생각하고 있다.

어느 저녁 무렵의 일이었다. 몇 푼 안 되는 돈을 쥐고번화한 거리를 걷다가 깨달음을 얻은 적이 있다. 예술가로서는 말 못 하는 사람처럼 과묵해도 사회인으로 살려면 그럴듯하게 사탕발림도 할 줄 알아야 한다. 오히려 광대 짓을 하는 편이 좋다. 사람들을 만나는 시간은 어차피 낭비하는 시간이니까 유쾌한 얘기로 사람들을 즐겁게 해 준다고 손해 볼 건 없다.

사카구치 안고(坂口安吾, 1906~1955), 소설가, 평론가

번역 서 홍

나의 일상 규범

기쿠치 칸

하나, 나보다 부유한 사람이 주는 건 뭐든 기쁘게 받기로 했다. 조금도 사양하지 않고 대접을 받는다. 나는 남이 무언가 줄 때 사양하지 않는다. 서로 무언가를 기쁘게 주고받는 건 인생을 밝게 해 주기 때문이다. 흔쾌히 받고, 흔쾌히 주고 싶다.

하나, 남에게 대접을 받을 때는 가능한 한 많이 먹는다. 그럴 때 맛없는 걸 맛있다고 할 필요는 없지만 맛있는 건 맛있다고 분명하게 말로 표현한다.

하나, 누군가와 식사를 할 때 상대가 나보다 수입이 훨씬 적은 사람이면 조금 무리다 싶어도 내가 계산을 한다. 하지만 나보다 수입이 많은 사람이 계산을 하겠다고 하면 그냥 내버려 둔다.

하나, 누군가 돈을 달라고 하면 나는 그 사람과 얼마나 가까운 사이인지 따져 본 뒤 줄지 말지를 결정한다. 상대가 아무리 곤란한 상황이라도 얼굴만 아는 정도라면 거절한다.

하나, 나는 생활비 말고는 아무에게도 돈을 빌려주지 않기로 했다. 생활비는 빌려준다. 하지만 친구나 지인한테는 마음속에 각각 금액을 정해 두고 이 정도는 줘도 아깝지 않다고 생각하는 만큼만 빌려준다. 빌려주면서 돌려받겠다고 생각한 적은 없다. 또 돌려준 사람도 없다.

하나, 약속은 반드시 지키고 싶다. 인간이 약속을 지키지 않으면 사회생활을 할 수 없게 되기 때문이다. 따라서 나는 타인과의 약속은 불가항력의 경우를 제외하고는 깬 적이 없다. 다만 가끔 깨는 약속이 있다. 그건 원고 집필 약속이다. 이것만은 도저히 완벽하게 지킬 수가 없다.

하나, 어떤 사람이 나에 대해 이렇게 말하더라고 누군가 고자질을 하는 경우, 나는 대체로 흘려듣는다. 뒤에서는 누구의 험담이든 한다. 겉으론 험담을 하더라도 마음속으로는 존경하는 경우가 있는가 하면, 험담과 칭찬을 같이 했는데도 험담만 전해지는 경우도 아주 많기 때문이다.

하나, 나는 겸손한 척은 하지 않는다. 나 자신의 가치를 강하게 주장하고 또 그 가치에 맞는 대우도 요구한다. 나는 누구랑 자동차를 타더라도 넓은 좌석이 비어 있으면 굳이 보조석에 앉지는 않는다.

하나, 나에 대한 악평이나 나쁜 소문을 친절하게 전달해 주지 않았으면 한다. 내가 그걸 알게 돼서 응급처치를 할 수 있다면 몰라도 그게 아니라면 모르는 게 약이라고 생각한다.

하나, 나는 앞섶이 풀린 채 걷는 경우가 종종 있다. 그럴 때 누가 그걸 지적하면 항상 불쾌해진다. 앞섶이 풀렸다는 걸 내가 모르고 있다면 딱히 부끄러운 일도 아니다. 그냥 남에게 지적당하는 게 싫은 거다. 그런 건 누가 지적하지 않아도 본인이 알아차리기 마련이다. 인생의 중대사 역시 마찬가지다.

하나, 남에게 친절을 베풀거나 돌봐 주는 일은 즐거운 마음으로 하고 싶다. 의무로 하고 싶지는 않다.

하나, 나에게 호의를 보이는 사람에게는 나도 호의로 대한다. 악의를 가진 사람에게는 악의로 돌려준다.

하나, 작품 비평을 요청받으면 마음에 들지 않는 건 죽어도 좋다고는 못한다. 아무리 상대의 감정이 상하더라도. 하지만 조금 좋다고 생각하는 것에 대해서는 상대를 격려하는 차원에서 과장하여 칭찬하는 경우는 있다.

기쿠치 칸(菊池寬, 1888~1948), 소설가, 극작가

번역 서 홍

역자 후기

　<일본문학 컬렉션> 시리즈의 네 번째 기획『눈부신 하루』는 일본 근대 작가들의 수필 모음집이다. '자연이나 인생 그리고 일상생활의 경험과 느낌을 형식에 구애받지 않고 자유롭게 쓴 글'이라는 수필의 정의가 말해주듯이 작가의 개성이 돋보이는 다양한 소재의 글을 만날 수 있다. 수필이라는 장르를 통해 우리는 작가의 진지하고 근엄한 얼굴 뒤에 숨겨진 또 하나의 얼굴과 마주하게 된다. 자연인으로서의 소탈하고 인간적인 모습을 엿볼 수 있는 것이다.

　일본문학에는 작가 개인의 경험을 소설 속에 그려내는 '사소설'의 전통이 있다. 자연주의의 영향을 받은 이러

한 소설을 일본의 근대문학에서 흔히 접할 수 있는데, 작가의 경험과 느낌이 고스란히 담겨 있다는 점에서 수필은 소설과 맞닿아 있는 장르라고 할 수 있다. 에도가와 란포의 수필이 마치 한 편의 추리소설 같고, 다자이 오사무의 수필이 소설과 마찬가지로 솔직함을 거리낌 없이 드러내는 등 문학 장르가 달라도 작가의 개성이 뚜렷하게 나타난다는 사실이 흥미롭다.

수필을 읽다 보면 글쓰기가 직업인 작가에게도 창작의 고통이 얼마나 큰지, 글이 완성되어 독자에게 전달되기까지 얼마나 많은 인내의 시간이 뒤따르는지 알게 된다. 그들도 보통 사람들과 크게 다르지 않다는 사실을 새삼 느끼게 된다.

글쓰기와 문학에 대한 생각을 진솔하게 표현한 글,
소소한 일상에서 발견한 행복에 관한 글,
아련한 옛 추억에 대한 그리움이 묻어나는 글,
삶과 죽음을 관조하며 인생을 되돌아보는 글,
세상을 풍자하며 비판적 시각을 드러낸 글,

이처럼 다양한 이야기들은 우리에게 즐거움과 재미를 선사할 뿐만 아니라 삶에 대해 한 번쯤 진지하게 생각하게 만든다. 그들이 남긴 글이 100년의 시간이 흐른 지금도 충분히 우리의 공감을 불러일으킨다는 사실이 놀랍다.

누구에게나 똑같이 주어지는 하루. 날마다 반복되는 일상이 때로는 지루하고, 때로는 힘들게 느껴지기도 한다. 하지만 나에겐 별 볼 일 없는 하루가 어떤 이에게는 너무도 간절했던 하루였음을 생각하면 지금 이 순간이 정말 소중하고 귀한 시간, '눈부신 하루'임을 깨닫게 된다.

세 명의 역자들은 이처럼 소중한 일상이 담긴 작가들의 수필 가운데 독자에게 재미와 감동을 줄 수 있는 글을 선별하기 위해 심혈을 기울였다. 이 책에 실린 작가들 중에는 국내 독자에게 많이 알려진 친숙한 이름도 있지만 생소하게 느껴지는 낯선 이름도 꽤 있을 것이다. 그런 작가들에게 새롭게 관심을 갖는 기회가 되었으면 한다.

낙엽이 지고 스산함이 물씬 풍기는 차가운 계절이 돌아왔다. 이 책이 독자의 마음에 따스한 온기를 전해주고, 내 곁의 소중한 사람들, 내게 주어진 값진 것들을 돌아보는 계기가 되길 바란다.

끝으로 책이 완성되기까지 힘써 주신 홍정표 대표님, 김미미 이사님 그리고 임세원 편집자님께도 감사의 말씀을 전한다.

2022년 늦가을
안영신

일본문학 컬렉션 04

눈부신 하루

© 작가와비평, 2023

1판 1쇄 인쇄__2023년 03월 20일
1판 1쇄 발행__2023년 03월 30일
지은이__아쿠타가와 류노스케·다자이 오사무·나쓰메 소세키·다니자키 준이치로
　　　　하기와라 사쿠타로·가타야마 히로코 외 지음
옮긴이__안영신·박은정·서홍
펴낸이__홍정표
펴낸곳__작가와비평
　　　　등록__제2018-000059호

공급처__(주)글로벌콘텐츠출판그룹
　　　　대표__홍정표 이사__김미미
　　　　편집__임세원 강민욱 백승민 문방희 권군오 기획·마케팅__이종훈 홍민지
　　　　주소__서울특별시 강동구 풍성로 87-6
　　　　전화__02-488-3280 팩스__02-488-3281
　　　　홈페이지__http://www.gcbook.co.kr 메일__edit@gcbook.co.kr

값 14,000원
ISBN 979-11-5592-308-5 03830